親友の妹が官能小説のモデルになってくれるらしい2

あきらあかつき

角川スニーカー文庫

23611

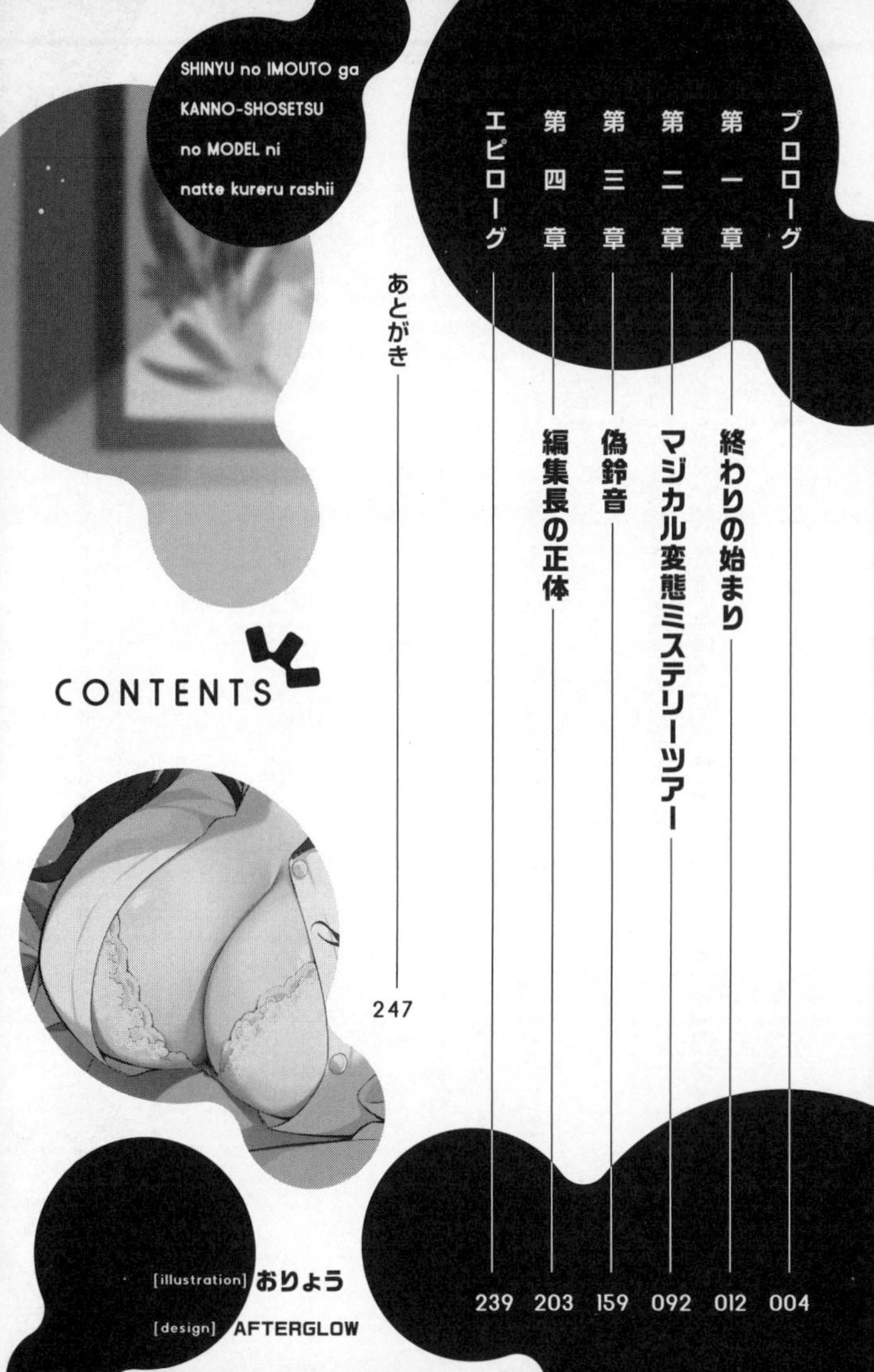

SHINYU no IMOUTO ga
KANNO-SHOSETSU
no MODEL ni
natte kureru rashii

CONTENTS

[illustration] おりょう
[design] AFTERGLOW

プロローグ

あぁ～清々しい朝だ。

もう一回言っておく。

今朝は本当に清々しい朝だ。

とある初夏の朝。俺、金衛竜太郎は今日も今日とて学校へと向かって歩いていく。

ついこの間まで一面に咲いていたソメイヨシノの桜並木は、すっかり薄ピンク色から鶯色へと変貌をとげて、俺たちに光合成で生み出された新鮮な酸素を供給してくれていた。

本当に空気が美味しい。

とにかく今朝は最高の気持ちで学校へと向かえそうだ。

だけど俺をここまで清々しい気持ちにさせるのは、生憎なことにこのソメイヨシノの葉のおかげだけではない。

「先輩のお口に合えばいいのですが……」

少し頬を紅潮させながら恥ずかしそうに弁当箱を差し出してくる少女。

彼女こそが俺に最高の朝を提供してくれている張本人だ。

水無月鈴音。

それが彼女の名前。

彼女は俺の親友、水無月翔太の妹にして俺の妹、金衛深雪の大親友だ。

親友の妹にして妹の親友。その近くて遠いような存在である彼女は、今朝も俺のためにお弁当を作って来てくれた。

あぁ～ホント幸せ……。

「ありがとう。だけど、毎朝お弁当作りは大変じゃないの？　無理して作らなくてもいいんだよ？」

もちろんお弁当を作ってくれるのは嬉しい。

めちゃくちゃ嬉しい。

なにせ作ってくれているのは学園の絶対的アイドル水無月鈴音なのだ。

彼女の手作り弁当を食べられる権利を手に入れて、喜ばない男子なんていないと思う。

だけど、さすがに毎朝彼女にお弁当を作らせるのは気が引けるなぁ。

少なくとも俺は、手作り弁当に見合うようなものを彼女に提供できている自信はない。

少し後ろめたさも感じながら弁当箱を受け取るが、そんな俺に彼女は首を横に振る。

「無理なんてしていないです。それに私、先輩がお弁当を美味しそうに食べてくれている姿が見たいので」

そう言って彼女は思わず俺から視線を逸らした。

可愛い……ホント天使じゃん……。

見返りを求めずに俺を喜ばせるためだけに、早朝から一生懸命お弁当を作る鈴音ちゃんの姿を想像して、思わずこみ上げてくるものがあった。

本当に最高の朝だった。

このお弁当だけで俺は、これから始まる退屈な授業を乗り切れる自信が湧いてくる。

恥ずかしそうに俺から目を逸らしていた鈴音ちゃんは再び俺へと視線を戻した。

「それにこれは恩返しという意味もあるんです」

「恩返し？」

「はい、先輩は私に新しい可能性を見出だしてくれました。これまで私が恥ずべきことだと思っていたことを、恥ずべきことじゃない、胸を張っていいことなんだって教えてくれた先輩への恩返しです」

彼女のその言葉は俺に、彼女がド変態であることを力づくで思い出させてくれた。

「そ、そうっすか……」

キラキラした目で俺に熱視線を送ってくる。

そんな彼女の無垢な瞳に、今度は俺のほうが視線を逸らしてしまう。

そう、水無月鈴音はこんなにも清楚で可愛い顔をした美少女なのにド変態である。

しかもその変態ぶりは彼女の美貌以上に、この学園でぶっちぎりだ。

ってか、俺が彼女と当たり前のように二人で登校して、当たり前のように彼女の手作り弁当を受け取ることができているのも、もとはといえば彼女がド変態なおかげなのだ。

俺、金衛竜太郎は目の前の美少女、水無月鈴音をモデルにした官能小説をＷＥＢに掲載している。

そして、つい数か月前、そのことが彼女本人にバレた。

これだけで並大抵の高校生ならば人生終了案件だ。

いや、俺だってもちろん人生の終わりを覚悟したよ。だけど、彼女はそんな俺の小説を心から愛してくれて、それどころか俺がより彼女をモデルにしやすいように手引きまでしてくれた。

その結果、俺は考えもしなかった小説サイトでのランキング一位、さらには出版社からの書籍化の打診まで手に入れることができたのだ。

まあ、その結果とんでもない副産物も手に入れてしまったのだけど……。

相変わらず俺をキラキラした瞳で見つめる鈴音ちゃんをおいて、後方へと顔を向ける。

そこには坊主頭の好青年が後方一〇メートルほどのところを歩いているのが見えた。

俺の親友にして鈴音ちゃんの兄である水無月翔太である。

彼は心から優しい瞳を俺と鈴音ちゃんへと向けていた。

あーキモイ……。

この翔太の姿こそが俺が官能小説を書いたことによる最大の副産物である。

かつては俺の小説に感化されて鈴音ちゃんを束縛し続けていた彼だったが、俺の大幅改稿と、鈴音ちゃんに踏んでもらって罵られることによって、完全に性癖を捻(ね)じ曲(ま)げられてしまった。

そして色々あってこうなった。

鈴音ちゃんの情報だと、最近はすっかり仏の道にハマっちゃって、休日には一日中お寺巡りをしているんだって……。

というわけでただ学校へと向かって歩いているだけなのだけど、この一見普通の光景も、その背景にはこんなにも多くのエピソードが隠されているのだ。

が、まあそのおかげでこうやって堂々と俺は鈴音ちゃんと通学ができるし、それを咎(とが)める者もいない。

トータルでは俺の官能小説はいい方向へと俺たちを導いてくれた……ということにしておきたい。

「そういえば、いよいよですね……」

なんて回想に耽っていると、鈴音ちゃんがそんなことを言うので首を傾げる。

「いよいよ？」

「打ち合わせの話です。今日の放課後だって言ってましたよね」

「あぁ……」

と、そこまで言われてようやく鈴音ちゃんの言葉の意味を理解した。

そう。実は今日の放課後は編集さんとの初めての打ち合わせがあるのだ。

俺の小説『親友の妹をＮＴＲ』がいよいよ書籍化に向けて動き出したということだ。

「いよいよ先輩の小説が本になるんですね」

「まあ本になるのは、もうしばらく先の話だとは思うけどね」

「先輩の小説を書店で手に取れる日をお待ちしていますね」

一八禁コーナーでな……。

果たして発売したときに彼女が本を手に取れるかどうかは不明だが、応援してくれている気持ちが伝わってきて嬉しい。

あ、そうそう。実はその編集さんと何度かメールのやり取りをして、驚いたことがあったので、この場を借りて報告させていただきたい。

実は俺と編集さんはかなりのご近所さんらしい。

しかも、詳しい住所は聞いていないものの、徒歩で行き来できるほどの距離らしい。つまり、今このタイミングで俺と編集さんがすれ違っていたとしても、おかしくないのだ。

だからなんだと言われれば何も言い返せないけど、広い日本でたまたま徒歩で行き来できる距離に住んでるって凄いよなって俺は思っただけだ。

「あ、ママだ……」

隣を歩いていた鈴音ちゃんがふとそう呟いて、前方を指さした。

指さす方向に視線を向けると、前方一〇メートルほど先のコンビニから出てくるスーツ姿の鈴音母の姿があった。

どうやら彼女もこれから出勤のようである。

鈴音ちゃんの「ママ～っ!!」という声に鈴音母はこちらへと顔を向けると、笑顔で手を振って駅のほうへと歩いていく。

なんという微笑ましい光景。

そんな二人の美女のやり取りに頰を綻ばせながら、俺はふと思った。

「鈴音ちゃんのお母さんって、結構忙しそうな人だよね」

俺が見る鈴音母は高確率でスーツを身に着けている気がする。

鈴音ちゃんの家に遊びに行ってもスーツ姿で家を飛び出す姿を何度か目撃しているし、いったいなんの仕事をしている人なんだろう。

そんな素朴な疑問を口にした俺だったが、鈴音ちゃんは「え？　ま、まあそうですね……」と苦笑いを浮かべて、なんとも曖昧な返事をした。

そんな鈴音ちゃんの反応を見て、俺は少し深入りしすぎたかなと反省する。

あまり他人の家庭について、どうこう言うのはよくない。

それに鈴音母がどんな仕事をしていたところで、俺には何の関係もないことなのだ。

このときの俺はそう思って、考えることをやめた。

だから、このときの俺は知る由もなかった。

そんな鈴音ちゃんの曖昧な返答が、これから起こる水無月家と金衛家を巻き込む大波乱の大きな伏線であることに。

俺と編集さんの自宅が近所だという事実が、単なる偶然ではなく必然であることに。

そして気づいたころには全てが手遅れだったことに……。

第一章　終わりの始まり

放課後を迎えた。

いよいよ編集さんとの初の打ち合わせである。なんだか打ち合わせって言葉を聞くと、自分が本当にプロの小説家になったって実感が湧いてきて少しわくわくする。

もちろん、これから小説の改稿やその他諸々（もろもろ）、俺の知らないような大変な作業が続いていくのだ。

今はわくわくしていられるけど、そのわくわくがすぐに苦労に変わる日がくるかもしれないけど、せめて今だけはわくわくしながら打ち合わせを迎えたい。

自分がプロの小説家になった喜びに浸っていたい。

そんな気持ちで俺は、自宅の最寄駅から数駅離れた月本という駅へとやってきた。

どうやらこの駅に編集さんの行きつけの喫茶店があるらしく、今日の打ち合わせはその喫茶店で行われることになったのだ。

駅に到着するなり、編集さんからメールで送られてきた地図を頼りに駅の周辺を歩いていた……のだが。

「こ、ここって……」

地図を頼りに歩いた結果、俺は駅前の商店街にある一軒の喫茶店にたどり着いたのだが、目の前の喫茶店を見て、わが目を疑った。

そこはいつか鈴音（すずね）ちゃんと二人でやってきた喫茶店だった。

鈴音ちゃんが、自らがド変態であるというお気持ちを表明した喫茶店。

なんという偶然……。

それが俺の率直な感想。

もちろん俺と編集さんの家が近所だというのもおそろしい偶然だ。

だけど、編集さんの行きつけの喫茶店が、鈴音ちゃんの変態表明の喫茶店だったなんて、もはや天文学的確率なんじゃないのか……。

なんだろう……なんか怖いね……。

が、まあ偶然は偶然である。宝くじが当たることはとんでもない確率だが、逆に言えばそのとんでもない確率で当たりくじを引き当てる人間も存在する。

だとすれば、自分が引き当てることだってありえないことではないのだ。

けど、なんだか胸騒ぎがする……。

いや、たまたま、とんでもない幸運を引き当てただけだ。

そう自分に言い聞かせて、胸騒ぎを必死に抑えた。

とにもかくにも店に入ろう。スマホをポケットに入れると、喫茶店のドアへとゆっくり手を伸ばした。

カランコロン。

ドアにかけられた鈴の音が店内に響き渡ると同時に、俺の視界にレトロな雰囲気の喫茶店の光景が広がる。

懐かしい。

なんだかたった一か月ほど前の出来事だというのに、ひどく懐かしい気持ちになる。

逆に言えば、この一か月間にあまりに色んなことが起こったということか……。

なんて感慨深くなりながらも、店内を見回した。

どうやら、今日は閑古鳥が鳴いているようで、店内にはほとんど人気(ひとけ)はなかった。店の奥を見やると、テーブル席にスーツ姿の鈴音母が一人座っているだけだ。

…………いや、なんで鈴音母が座っているの……。

「あ、こののんく〜んっ!!」

と、そこでテーブル席の鈴音母が俺の姿に気がついて立ち上がる。彼女は手を振りながら当たり前のようにこちらへとやってきた。

なんだろう……胸騒ぎがさっきよりも大きくなっていく。

「あ、どうも……奇遇ですね……」

社交辞令のような返事をすると、そばに寄ってきた鈴音母が当たり前のように俺をハグした。

あー近い近い……。あと、すごくいい匂いがする……。

「こののんくん、会いたかったよ〜」

と、まるでここが自分の家かなにかと勘違いしているようで、おうちモードでべたべたしてくる鈴音母。

「お、お母さま、周りの目が……」

「大丈夫よ。お客さんは私たちしかいないんだし」

いや、マスターの目が……。

カウンターでティーカップを磨くマスターが、何やら鬼の形相で俺を睨みつけている。

こっわ……。

どうやら俺たちの行動は、このレトロな喫茶店の空気にそぐわないようである。

だが、マスターよ。悪いのは俺ではなく鈴音母だ。

が、そんな俺の事情など知る由もなく、マスターは明らかに俺に敵意を向けていた。

「あら？」

どうやら鈴音母は背中にも目を持っているらしく、そんなマスターの視線に気づいたようで後ろを振り返った。

「ジュンちゃん……もしかして嫉妬してる？」

どうやら彼女はマスターをジュンちゃんと呼んでいるらしい。

いや、そんなことは今はどうでもいい。それよりも鈴音母はジュンちゃんの怒りの理由に気づいていないようで、的外れなことを口にする。

鈴音母よ……マズいですよ……。

最悪出禁まで覚悟して、固唾をのんでマスターを見つめていると、ふいにマスターは頬を赤らめて顔を背けた。

嘘だろ……おい……。

どうやらジュンちゃんもこっち側の人間だったらしい……。

知りたくもないジュンちゃんの性癖を知って、ドン引きしていた俺だったが、ふと本来の目的を思い出す。

そうだ。俺は鈴音母といちゃいちゃするために、ここにやってきたわけではないのだ。

鈴音母が俺の体を解放してくれるのと同時に、改めて店内を見回す。

が、やっぱり店内には変態三人しかいなかった。

どうやら俺の担当編集さまはまだ到着していないようだ。

だが、おかしい。

時刻は約束の時間から二分ほど過ぎている。別に俺は時間に厳しいわけではないが、社会人というものは到着が遅れそうな場合、事前連絡をするのが普通だと聞いた気がする。が、スマホの画面を確認してみても、編集さんからのそれらしい通知はない。

ならば、俺が店を間違えたのか？

いや、でも地図は何度も確認したし、店の名前も『純喫茶ジュン』で間違いなかった気がする。

その事実を頭で整理していると、俺の脳裏をとんでもない可能性がよぎった。

が、俺は慌ててその可能性を払拭して、鈴音母を見やる。

「あの……お母さま？」

「あら、お母さまなんて堅苦しい呼び方はやめて。ママって呼ぶか、鈴葉(すずは)って呼び捨てにして」

「いや、なんでその二択なんですか……」

いや、今は呼び方なんてどうでもいい。

「お母さまはこんなところで何をやっておられるのですか？」

まずは自分の脳裏に浮かんだ最悪の可能性を払拭することから始めることにした。

「そんなの決まってるじゃない。大好きなこののんくんと会うためだよ」

「いや、そういう冗談はおいておいて、本当の目的を聞かせていただいていいですか？」

あー胸騒ぎがやばい……。

そんな俺の言葉に鈴音母はわざとらしく、ほっぺを膨らませる。

「冗談じゃないよ。ママは可愛いこののんくんに会いたくてここまで来たんだよ」

「またまたご冗談を……」

「ホントだよ。今日はママとこののんくんの初めての打ち合わせの日でしょ？」

ＯＨ……ＮＯ……。

嘘だろ……嘘だって言ってくれ……。

いや、俺はまだ現実を認めるつもりはないぞ。

「打ち合わせって何の話ですか？」

「あ、ちょっと待っててね」

鈴音母はそう言うと、ふいに自分のスーツのスカートをわずかに捲り上げる。

いや、なんで……。

そして、露になった艶やかな太腿へと視線を落とすと、彼女の右太腿に黒いガーターリングが巻かれているのに気づいた。

えっろ……。

どうやらえろいと思ったのはジュンちゃんも一緒だったようで、彼は目を見開いて鈴音母の太腿を凝視していた。

「ぬおっ⁉」

ぬおっ⁉　じゃねえんだよ。てめえは真面目に仕事をしてろや……。

と、思いながらも俺もまた鈴音母の太腿を凝視していると、彼女のガーターリングには何やらカードのようなものが差さっていることに気がつく。

彼女はそのカードを抜き取ると、俺へと差し出した。

「こののんくん、これがママのお仕事だよ」

どうやらそれは名刺だったようだ。

鈴音母のせいで生温かくなった名刺へと目を落とす。

『ヴィーナス文庫　編集　水無月(みなづき)鈴葉』

名刺にはそう書かれていた。

あ、やっぱり……。

そこで俺は強制的に現実を直視させられた。

どうやら俺とメールのやりとりをしていた担当編集さまは鈴音母だったようだ。

「こののん先生、会いたかったよ～」

そう言って俺は再度、鈴音母からハグされた。

なんでだよ……。なんで動けば動くほど水無月家との関わりが深くなっていくんだ。俺はただ書いた小説を書籍化したかっただけなんだ。それなのに、そんな俺を水無月家がブラックホールのように強力バキュームしていく……。

「こののん先生。これから二人で力を合わせて、えっちな小説を作り上げていきましょうね？」

「………はい……」

というわけで俺は鈴音母によって奥のテーブルへと連行された。

俺が腰を下ろしたのは四人掛けのテーブルだ。が、鈴音母は正面の席ではなく、当たり前のように俺の隣に腰を下ろす。

俺、編集さんとの打ち合わせは初めてなんだけど、打ち合わせってこういうのが普通なのかな……。

それどころか、鈴音母は隣に座るだけでは飽き足らず、わざわざいったん腰を浮かせて、俺に密着するように座りなおす。その結果、鈴音母の大きなお胸が俺の二の腕を圧迫した。柔らかい……。

「あの……お母さま？」

「な～に？」

「俺が連絡を取っていた編集さんは皆川(みながわ)さんって人だったはずなんですが……」

そうだ。俺の記憶が正しければ、書籍化の打診を受けてからずっと皆川さんという編集さんと連絡を取っていたはずだった。

だからこそ、まさか自分の担当編集が鈴音母だなんて思いもしなかったのだ。

そんな俺の疑問に鈴音母は「ごめんね。名前を打ち間違えちゃったみたい」と明らかにわかる嘘を吐いて舌を出した。

いや、可愛いけどさ……。

どうやら正体が自分だとバレて警戒されないように手を打っていたようだ。

「まあ、そんなことはどうでもいいじゃない？　それよりも、ののんくんの小説のこれからについてのお話をしましょ？」

ということで華麗に俺からの追及をかわして、鈴音母が本題を口にする。

まあ、確かに俺たちは打ち合わせのためにここへやってきたのだ。

鈴音母が担当編集だったのは少々……いやかなり驚いたけど、ここで俺が喚いたところでどうこうなる問題ではない。

さすがに鈴音母だってプロの編集者なのだ。

仕事とプライベートは切り離して考えているはずだ。

「ののんくん、はい、あ～ん」

鈴音母は注文した餡蜜をスプーンですくうと、有無を言わさず俺の口に突っ込んできた。

そして、当たり前のように口の中でスプーンをくるりと回転させると、動揺する俺をクスクスと悪戯な笑みで見つめた。

遺伝って凄い……。

どうやら鈴音母には仕事とプライベートを切り分けるという概念はなさそうだ。

鈴音母はそれからも何口か俺に餡蜜を食べさせてくれたあとに、満足したようにスプーンを紙ナプキンに置く。

「こののんくん、WEBでの連載は全て読ませてもらったわよ。こののんくんの小説は特に変態性に優れているわね。まさにヴィーナス文庫で出版するのにぴったりの作品だと思うわ」

「あ、ありがとうございます……」

「こののんくんの作品は編集長もひどく気に入ったみたいで、いずれはこののんくんをヴィーナス文庫の看板作家にしたいと意気込んでいるわ」

「俺の小説って、そんなに評価されているんですか？」

鈴音母はコクリと頷く。

「だから二人で一緒に大人から子供まで楽しめる最高傑作に仕上げましょ？」

「いや、それはどうあがいても無理でしょ……」

まあ何はともあれ鈴音母が俺の作品に期待してくれているのは嬉しいことだ。

リップサービスかもしれないけどプロの編集さんや、編集長から評価されて思わず頬を綻ばせてしまう。

が、喜びも束の間、鈴音母は少し寂しそうに眉をハの字にさせた。

「だけどね……それはあくまでＷＥＢ小説としての評価なの」

「ＷＥＢ小説としての評価……ですか？」

「うん。確かにこののんくんの小説は素晴らしいとは思うけど、このまま出版するわけにはいかないの」

「つまり、書籍化に合わせてテコ入れが必要ってことですか？」

「あら、こののんくんってば物分かりがいいわね。えらいえらい」

頭を撫でられた。

どうやら鈴音母は褒めて伸ばすタイプの編集さんらしい。

俺にとっては今回が初めてではあるが、書籍化に際してストーリーを変更することは珍しくないってのは風のうわさで聞いたことがある。

だから、俺もそのまま出版できるとは思っていなかったし、ある程度覚悟はしていたので、そこまで驚かなかった。

「で、具体的に俺は何をすればいいんですか？」

「こののんくんにはプロットを作ってほしいの」

「なるほど……」

プロットとはいわば小説の設計図のことである。このプロットを作っておけば小説がどのように進んでいくのか一目瞭然になるため、俺と鈴音母の間で作品の方向性を共有することができるのだ。

「こののんくんの作品は確かに素晴らしいわ。だけど、こののんくんの才能があればもっともっと面白くできると思うの。だからね、書籍化に合わせて改めてプロットを書き直しておきたいのよ」

「具体的にどのように直せばいいんですか?」

鈴音母の指摘はもっともだと思う。だけど、彼女の言葉は少々漠然としており、具体的に何をどうすればより良い作品になるのか、わかりづらかった。

「背徳感よ」

そんな俺の疑問に鈴音母ははっきりと答える。

「背徳感ですか?」

「こののんくんの作品はもっと読者の背徳感を煽ったほうが良いと思うの」

「な、なるほど……」

とは答えてみるものの、あまりイメージが湧いてこない。

首を傾げていると、鈴音母は俺に顔を接近させて、なにやら悪戯な笑みを浮かべた。

「こののんくん」

「は、はい……」

「こののんくんには三つの背徳感を表現してほしいの」

「な、なんすかそれ……」

「これからこののんくんに丁寧に説明してあげるね」

なんだろう……よくわからないが嫌な予感がする。

俺の中の何かが警鐘を鳴らしていた。

「まず一つ目の背徳感、これは性的に見てはいけない人間を性的に見てしまう背徳感」

ということで鈴音母の変態啓発セミナーが始まる。

「こののんくんは例えば深雪（みゆき）ちゃんのことを、えっちな目で見ることに罪悪感を覚えるわよね？」

「そりゃもちろん」

「そりゃそうよね。血の繋（つな）がった兄妹だもの。普通の兄妹は決してお互いをえっちな目で見るなんてありえないし、そんなことを考えることは罪深いことよね？」

そうだよな。ありえないよな。

ところで鈴音母よ。あんたの息子はどうなんだい？

思わずそんなツッコミを入れそうになるが、ここで話の腰を折るのはよろしくないので黙っておくことにした。

色々とツッコミたいところを飲み込みながら話を聞いていると、鈴音母は不意に俺の体をぎゅっとハグする。

いや、なんで……。

「こののんく～んっ!!」

「どうしたんですか？　発作ですか？」

鈴音母は俺の質問に答えない。俺の顔を自分の胸に押しつけると「こののんくんよしよし」と頭をなでなでしてくる。

うむ、とても柔らかい。

頬に鈴音母のふわふわな何かを感じていると、彼女は俺の腕をつかんで、俺の手を自分の内腿のあたりに触れさせた。

「お、お母さま、お戯れが……」

掌（てのひら）に感じる年齢を感じさせないすべすべの肌の感触。が、鈴音母はそれだけでは飽き足らずに、俺の手をスカートの中へと誘っていく。

「ちょ、ちょっとそれはマズいです……」

さすがに過激な鈴音母に動揺していると、彼女はにやりと不敵な笑みを浮かべて俺に顔を接近させた。

「こののんくん、ママのこと、どうしてそんなにえっちな目で見るの？」

「いえ、決してそんなことは……」

あーやばいやばい。いったい自分の身に何が起きているのかわからないけど、とにかくやばい。

手に感じる鈴音母の生温かい太腿と、スカートの裾の感触。

あーどうにかなっちゃいそう……。

泣きそうになりながら鈴音母を見つめ返すと、彼女は俺の耳元に唇を寄せた。

「これが一つ目の背徳感よ。ママのことは決してえっちな目で見ちゃだめなの」

「わ、わざわざ実演していただかなくても大丈夫ですぞ……」

どうやら鈴音母は頭ではなく、体で覚えさせるタイプらしい。

兄妹や親子はもちろんのこと、教師と生徒など、この世界には本来性的な目でお互いを見てはいけない関係というものが存在する。

その倫理的に性的な目で見てはいけない相手に性的な興奮を覚えたときに、人は背徳的な感情をそそられる。

どうやらこれが一つ目の背徳感らしい。

いや待て、これまだ一つ目なのか……。

鈴音母よ……俺はもうお腹(なか)いっぱいで胃もたれを起こしそうです。

だが、鈴音母の講義は終わらない。

「ねえ、ここのんくん……」

「は、はい、なんでしょうか……」

「鈴音ちゃんなんかよりも、私のほうが色っぽいと思わない？」

「お、お母さま、なんてことを……」

「私はおばさんだけど経験はいっぱいあるのよ？　若いここのんくんが、どんなことをさせてくれれば嬉しいか知っているし、ここのんくんのこと骨抜きにしたいな～」

そう言って彼女は俺の耳たぶを甘噛み（あまがみ）した。

鈴音母の歯の感触と、ねっとりとした唇の感触に思わず身震いする。

「あ、それはマズいです……」

「ここのんくん、鈴音ちゃんのことなんて忘れて、私と楽しいことといっぱいしましょ？」

「い、いや、それはさすがに……」

「いいじゃない？　少しくらい火遊びしたって、鈴音ちゃんにはバレないわよ」

「そういう問題じゃなくて……」

まず、第一にここは喫茶店ですぞ……。

まあ頼みの綱であるマスタージュンが変態バレした時点で、その言い訳は通用しないかもしれないけど……。

どんどんエスカレートしていく鈴音母からの誘惑に、何をどうすれば良いかわからず硬直していると、鈴音母は俺の耳から唇を離して囁いた。

「これが二つ目の背徳感よ」

どうやらフェイズが移行しているようだ。

「二つ目は好きな人を裏切って別の人と親密になる背徳感。こののんくんには鈴音ちゃんがいるのに、今、ママと一緒に彼女を裏切るようなことをしているわよね？」

していというか、されているというか……。

が、悲しいことに鈴音母の言いたいことは理解できた。

裏切ってはいけない相手を裏切ることはこの上ない背徳感を人に抱かせる。

これが二つ目。

鈴音母は二つ目の背徳感を俺に刻みつけたところで、不意に俺から体を離した。

そして、俺の肩を両手で摑むと「ちょっと体をあっちに向けて」と俺の体をカウンターのマスターのほうへと向けさせる。

そこで気づいた。

あ、ジュンちゃん、めちゃくちゃ嫉妬してる……。

ジュンちゃんは今にも泣き出しそうな目で俺を見つめ、震える手でカップを磨いていた。

と、そこで俺は背中に柔らかい何かを感じた。直後、俺は背後から鈴音母にぎゅっと抱きしめられ、彼女は俺の肩に自分の顎を置く。

彼女の髪がわずかに頬に触れてくすぐったい。

ところで鈴音母はいったい何をおっぱじめるつもりなのだろう……。

「ジュンちゃん」

名前を呼ばれたジュンちゃんは頬が真っ赤になる。

鈴音母はマスターを呼んだ。

「ジュンちゃん……こののんくんが、羨ましい？」

そんな鈴音母の問いかけにジュンちゃんは何も答えない。

「こののんくん、これが三つ目の背徳感よ？」

「なんの話をしているかさっぱり……」

「クスクスッ、本当はわかってるくせに。だけど、私は優しいから丁寧に教えてあげるわね。三つ目の背徳感は誰かの大切な人を奪い取る背徳感よ」

そう言って俺の体をさらに強く抱きしめる。

「今、こののんくんはジュンちゃんからママを奪い取っているの。これって凄く背徳的じゃない？」

鈴音母の言いたいことはわかる。

つまりこれは寝取りである。誰かから誰かを奪い取る行為、これがＮＴＲモノの真骨頂なのだ。

だが鈴音母よ。

ジュンちゃんは別に鈴音母の旦那ではない。この男は単に鈴音母にお熱なただの変態マスターだ。

が、ジュンちゃんのほうは寝取られた気満々のようで、思わず手で口元を覆うと現実を受け止められないかのように首を横に振る。

いや、別にあんたの嫁じゃないだろ……。

そもそも前提条件が間違えているような気がしないでもないが、あまりに悲しそうにするジュンちゃんに俺の胸が少しだけ痛む。

「お、お母さま、こういうのは良くないんじゃ……」

ジュンちゃんのことがいたたまれなくなり鈴音母を諭すが、彼女は俺へのハグをやめない。

「どうして良くないと思うの？　ジュンちゃん、凄く嬉しそうな顔してるじゃない」

「嬉しそうには見えないんですが……」

「ジュンちゃん、私、やめたほうがいいかしら？」

鈴音母はジュンちゃんに尋ねた。

すると、彼は激しく首を横に振る。

OH……NO……。

どうやらジュンちゃんは俺の予想の遥か上をいく変態さんだったようだ。俺は勝手に不憫に思っていたが、どうやら、ジュンちゃんは喜んでいたらしい。

「つ、続けてくれ……」

続けてくれじゃねえよ。

が、そんなジュンちゃんの願いもむなしく鈴音母は俺から体を離すと、俺の体を自分のほうへと向けた。

「こののんくん、三つの背徳感について理解できた？」

「はい、嫌というほどに……」

「あら、それは良かったわ。これからこののんくんには、この三つの背徳感を意識してプロットをより変態チックなモノに仕上げてもらいたいの」

「なんというか……なかなか難しい宿題ですね……」

「そうかしら？　こののんくんには鈴音ちゃんっていう強い助っ人がいるじゃない」

自分の娘を官能小説のモデルに使えとアドバイスすることが倫理的にどうなのかは別として、確かに俺には最強の助っ人がいるのは確かだ。

「こののんくんにはね、妹としての鈴音ちゃんの可愛さをもっと表現してほしいの」

「妹としてですか……」

「今の原稿でも十分に鈴音ちゃんは可愛いけど、それはあくまでこののんくんの恋人としての話。妹としての鈴音ちゃんの可愛さが表現できれば、きっともっと背徳的な原稿になからない。

正直なところ、俺には鈴音ちゃんを妹として可愛く書けば背徳的になるという意味がわからない。

首を傾げる俺に鈴音母は「もう〜今、お勉強したばっかりでしょ？」と俺の頬をツンツンする。

「こののんくんの小説は『親友の妹をＮＴＲ』でしょ？　親友の可愛い可愛い妹をＮＴＲしたほうがより背徳的な気持ちになるわよね？」

「なるほど……」

こんなにも……こんなにも頭のおかしい変態的な会話をしているのに、鈴音母の指摘が的確なのがなんだか悔しい。

確かにそうだ。

親友にとってヒロインが可愛い妹であればあるほど、そんな妹を奪い取ったときの主人公の背徳感はひとしおである。

いや、俺、何言ってんだ……。

が、まあ鈴音母のアドバイスの意味は理解できる。

「だから、このんくんはこれから鈴音ちゃんのことを本物の妹だと思って、いっぱいいっぱい可愛がってあげてね」

ということらしい。

鈴音母は俺の両手を優しく包み込むように触れた。

「こののんくん。こののんくんにとって鈴音ちゃんが本物の可愛い妹に見えたとき、新たな道が開くから頑張ってね」

その道、本当に開いて大丈夫なやつですか？

甚だ疑問ではあるが、それもこれも小説のためである。

俺は鈴音母から視線を逸らしてから「わかりました」と小さく答えた。

※　※　※

情報量が多すぎた。

生まれて初めての打ち合わせを終えた俺だったが、色々と情報量が多すぎて脳みそが追いつきそうになかった。

俺の担当編集が鈴音母だということがわかり、喫茶店のマスターが変態だということを知り、最後は鈴音母にハグをされて、そのあとどうなったんだっけ？

なんというか余計な情報が多すぎて、大切な打ち合わせの内容の話が今一つ思い出せない……。

初めての打ち合わせだから、他がどういうものかはわからないけど、小説家の打ち合わせってこういうのが普通なのだろうか……。

ということで翌日の放課後、俺は昨日の打ち合わせの内容を思い出しながら学校の廊下を歩いていた。

夕焼けに染まる運動場で青春を謳歌（おうか）する野球部やサッカー部を横目に、俺がやってきた場所は図書室だ。

廊下の突き当たりにある図書室のドアを開けると、カビと埃（ほこり）の漂う閑古鳥の鳴く空間が俺を迎えてくれる。

うむ、いつも通りの人気（ひとけ）のなさだ。

俺が図書室にやってきた理由。

それは今日の図書室の当番が鈴音ちゃんだからである。図書室に入ってあたりを見回すと、カウンターに座って文庫本を読む鈴音ちゃんの姿を見つけた。

「や、やだ……これ凄い……」

どうやら官能小説を読んでいるらしい……。

鈴音ちゃんはカウンターの椅子に座りながら身を捩（よじ）っていた。どうやら本に夢中で訪問者に気づいていないようだ。

こんな変態モードの鈴音ちゃんを他の生徒に見られたら大変だ。

ということで、カウンターに駆け寄り注意喚起をしておくことにする。

「す、鈴音さん？」

「え？　わ、わぁっ⁉」

声を掛けたところで鈴音ちゃんは驚いたように肩をびくつかせて、変態メルヘン世界から現実世界へと戻ってきた。が、無防備な自分を俺に見られたのが恥ずかしかったのか、彼女は頬を真っ赤にすると文庫本で顔を隠してしまう。

可愛い……。

が、すぐに文庫本から目だけを出すと視線を俺に向ける。

「お、お兄ちゃん……いたんだ……」

「ごめん、驚かせちゃったみたいで……」

「ううん。私こそすぐにお兄ちゃんに気づけなくてごめんね」

言葉を交わす俺と鈴音ちゃん。

なんだろう……。鈴音ちゃんが当たり前のように俺をお兄ちゃんと呼んで、タメ口で話してる。

いや、別にタメ口で話されるのはいいんだけど、なんで俺はお兄ちゃん呼びされているんだ……。

「鈴音ちゃん……なんで？」

「お兄ちゃん、鈴音はお兄ちゃんの妹なんだから鈴音って呼び捨てで呼んで？」

「いや、なんで……」

なんだろう。

鈴音ちゃんの中で何かが始まっているのは理解できるけど、頭の悪い俺にはいったい何が始まったのか理解できない。

首を傾げていると、鈴音ちゃんはわずかに笑みを浮かべる。

「ママから聞きました……」

「聞いたって何を？」

「先輩はこれから私のことを妹だと思って可愛がってくれるって……聞きました」

「おうおう、なんか情報が凄く省略されて伝わっているみたいですな……」

おそらく鈴音ちゃんは昨日の打ち合わせで話したプロットのことを言っているのだろう。

実は今朝は俺が日直で、いつもよりも早い時間に登校したため、打ち合わせ後、鈴音ちゃんと会うのは初めてなのだ。

だから、鈴音ちゃんにはまだ打ち合わせのことは話せていなかったのだけど、鈴音母からはすでに説明を受けていたようだ。

まあかなり歪曲（わいきょく）して伝わってるみたいだけどな……。

「これからプロットができるまでは私のことを妹だと思って接してください。私も先輩が可愛いって思える妹になれるよう頑張りますね」

ということらしい。

が、確かにプロットを作るうえで、俺はこれから鈴音ちゃんの妹としての可愛さを表現しなければならないのだ。そんな鈴音ちゃんの提案は俺にとってありがたい限りだ。

なんて考えていると鈴音ちゃんの頬がまたみるみる赤くなってきた。

「先輩、これからは私のことを鈴音ちゃんじゃなくて鈴音って呼んでください」

「いや、だけどそれはさすがに……」

深雪以外の女性を呼び捨てで呼んだことがない俺に、それは少々ハードルが高すぎるのでは……。

「じゃあ練習してみましょう」

「練習？」

鈴音ちゃんはカウンターから身を乗り出すと、俺に顔を接近させた。

あー近い近い……。

「これから私が先輩をお兄ちゃんって呼ぶので、先輩は私を鈴音って呼んでください」

「お、おう。頑張ってみるよ……」

正直なところかなり恥ずかしい。

が、俺はプロの作家になったのだ。ここは恥を忍んでやるしかない。

ということでカウンター越しに顔を接近させた俺と鈴音ちゃんだったが、鈴音ちゃんもなんだかんだ言って恥ずかしいようで頰を紅潮させたままだ。

が、それでも俺の小説のために、勇気をふり絞る。

「お、お兄ちゃん……」

ぬおおおおおおおおおおおおっ!!

破壊力はんぱねえっ!!

なんだこの可愛い妹は……。

いざこうやって顔を接近させての『お兄ちゃん』に、鈴音ちゃんの妹力を痛感する。

そりゃ翔太(しょうた)がシスコンになるわけだ……。

なんて鈴音ちゃんの底力に愕然(がくぜん)としていると、彼女はムスッと頰を膨らませた。

「もう、お兄ちゃんも鈴音のこと鈴音って呼ばなきゃだめなんだよ……」

あー可愛い……。

もう一回言っておこう。

めちゃくちゃ可愛い。

ツンツンモードの鈴音ちゃんに精神崩壊しそうになりながらも、俺は鈴音ちゃんを見つめ返す。

そして……。

「す、すず……ね……」

「お、お兄ちゃん？」

「す、鈴音？」

「お兄ちゃんっ!!」

「鈴音っ!!」

ということで俺は羞恥心を払拭することに成功した。

それにしても凄い……。

翔太よ……なんかごめんな？

これまでお前は鈴音母からバブバブさせられて、鈴音ちゃんからはこんな風に『お兄ちゃん』って呼ばれ続けてたんだな？

そんな環境に身を置いたら誰だってシスコン&マザコンになっちゃうよな？

翔太は異常じゃない。むしろ、これでシスコンやマザコンにならないほうが異常なんだ。

今なら翔太の気持ちが心から理解できる。

ということで今更ながら翔太を再評価する流れになっていると、鈴音ちゃんがカウンターから出てきた。

そして、当たり前のように俺の手を握ると「お兄ちゃんに見せたいものがあるよ……」

と俺を図書館の奥へといざなっていく。

気がつくと、彼女に手を握られながら天井まで聳(そび)え立(た)つ本棚の前に立っていた。

あ、ここは……。

目の前には無数の文庫本……。本の背表紙には色んな国の名前と文化だとか食事などの文字。

そう……ここは私立鈴音変態図書館だ。

彼女は俺から手を離すと「お兄ちゃん、ちょっと待っててね」としゃがみこんで無数の本の中から何冊か抜き取って俺に手渡してきた。

「鈴音……これはなんだい？」

「お兄ちゃんの小説の参考になりそうなものを選んでみたよ」

え？　もしかしてダミーの背表紙を見ただけで、中にどの官能小説が入っているか覚えておられるんですか？

鈴音ちゃんの変態透視術に愕然としながらも中身を確認してみる。

『妹オークション〜金で結ばれた乱れた兄妹〜』

『妹スワッピング』

『義妹が愛人に堕(お)ちるまで』

ＯＨ……ＮＯ……。

手渡されたものは全て妹モノの官能小説だった。

「お兄ちゃん、こういう作品が読みたいって思ったら遠慮なく鈴音に言ってね。すぐに持ってくるから」

「あ、ありがとね……」

変態ソムリエのおかげで参考資料には困らなそうだ。

鈴音ちゃんに官能小説を見繕ってもらった俺は、妹とはなんたるかを学ぶために読書に勤しむ。

さすがは鈴音ちゃんである。彼女は俺の作品のハルカの気持ちを心から理解しており、その上で妹としてのハルカに何が足りないかを俺に教えてくれた。

しかも……しかもだ。

彼女が時短のために、俺の小説の参考になる部分に付箋を貼ってくれたおかげで効率的に学ぶことができた。

渡された作品のうち一作は、ヒロインの名前が深雪だったせいで複雑な気持ちになったが、それ以外はばっちり吸収できそうだ。

ということで一時間半ほど官能小説を読みふけっていた俺だった……のだが。

「ねえねえ、お兄ちゃん……」

隣で官能小説を読む妹鈴音が俺の服の袖をくいくいと引っ張ってきた。

「どうしたの？」

「私が選んだ本……参考になりそう？」

「かなり参考になってるよ。そのまま真似するわけにはいかないけど、どうすれば可愛い妹が書けるかは少しわかった気がする」

素直に感謝の意を表明する。

そんな俺の返事に鈴音ちゃんはなぜか頬を赤らめて首を傾げる。

「お兄ちゃんのために本を選んだんだよ……私、えらい？」

ん？　急にどうした？

「ありがとね」

「お兄ちゃん、私えらい？」

これはどういう流れだ？

未だ妹のなんたるかを完全には理解できていない俺には、鈴音ちゃんの言葉が理解できなかった。

ぽかんと口を開ける俺に鈴音ちゃんは顔を寄せてくる。

近い……そして可愛い。

「鈴音……発作か？」

「お兄ちゃん、私、お兄ちゃんのために頑張ったよ。だから褒めて」

「えらいね」

「私の頭をなでなでして『鈴音はえらい子だな』って言って」

「………」

なるほど……理解した。

どうやら兄妹というものは妹が何かえらいことをしたら、兄が褒めてやらなければならないらしい。

今まで俺はどちらかというと、鈴音ちゃんからなでなでしてもらう立場だった。

ヒロインとして鈴音ちゃんを見るときはそれでもよかったのかもしれないが、今の彼女は妹である。そして、俺に今足りないのは妹としての鈴音ちゃんの魅力を見つけることである。

お兄ちゃんのために一生懸命な妹。そんな妹を褒めてあげるということは、妹鈴音の魅力を引き出すことになるのだ。

常に俺の一歩も二歩も前を行く鈴音ちゃんに感心していると、鈴音ちゃんは「お兄ちゃん……早くなでなでして」とわずかに身を捩った。

それにしても破壊力ぱないっす……。

俺は実感する。

自分が鈴音ちゃんの妹としての魅力をこれまで見逃して生きてきたことに。

妹が一生懸命お兄ちゃんのために頑張って、そのご褒美を恥じらいながらも待望している。

なんて健気なんだ……。

その破壊力満点の妹の言葉に、俺の手は自然と彼女の可愛いつむじへと伸びていく。

「鈴音はえらい子だな。よしよし」

そう言ってわしわしと妹の頭を撫でてやった。

鈴音ちゃんは恥ずかしそうに身を捩る。

「お、お兄ちゃんくすぐったいってば……。それに私はもう高校生なんだよ？　そんな風に褒められると恥ずかしいってば……」

掌に感じるさらさらの鈴音ちゃんの髪の感触と、可愛い笑い声に死にそうになる。

翔太……今日から俺もお前の仲間だ……。

シスコン化していく自分に気づきながら、それでも欲望を抑えることができず、俺はしばらく鈴音ちゃんの頭を撫で続けた。

ようやく満足できたところで頭から手を離すと、彼女は何やら床に置かれた鞄を手に取って、中をまさぐり始める。

「ねえお兄ちゃん……実はお兄ちゃんにお願いがあるんだ……」

「お願い？」

「あのね……数学でどうしても解けない問題があるの……」

彼女は鞄から問題集を取り出すとそれを胸に抱えた。

そ、そうだ……これこそが妹の真骨頂である。

妹が何か兄のために行動を起こすとき、そこには必ず何かしらの見返りが存在する。

こうやって兄の機嫌を良くして、タイミングよくおねだりをするのだ。そして、鈴音ちゃんはそのことを完璧に理解している。

鈴音ちゃんよ……どうしてきみはここまで妹なんだ……。

もちろん、そんな健気な妹からのおねだりを断れる兄などいるはずがない。

そんな彼女に「もちろんだよ」と二つ返事で答えると、彼女は問題集を開いてとある問題を指さして見せた。

どれどれ……。

と、鈴音ちゃんの指さす問題を確認する。

あ、自分、さっぱり解けないっす……。

どうやら俺には鈴音ちゃんの力になれるような学力はないようだ。

自分の無能さを再認識しながら鈴音ちゃんを眺めると、彼女は「お兄ちゃん……この問題の解き方を教えて……」と依然としておねだりをしながら、ふと俺のポケットになにかをねじ込んできた。

ん？

さりげなくねじ込まれた物を抜き取ると、それは何かのメモ用紙だった。

開くと公式のようなものが書かれている。

なるほど、この問題にはこの公式を使うらしい。そして、どうやら俺に問題が解けないことは最初から織り込み済みだったようだ。

ちょっぴり悲しい気持ちになったけど、これで鈴音ちゃんに勉強が教えられる。

ということで、メモを頼りに鈴音ちゃんに手渡されたペンで問題集の端に公式を書いていく。

そんな俺に鈴音ちゃんは「わぁ～」と感心するように俺を見つめた。

「こ、この公式を使えば解けるのっ⁉」

「ああ、そうだよ」

知らんけど……。

知ったかぶって自慢げに答えると、不意に鈴音ちゃんが俺の耳元で「鈴音はバカだなぁ……」と囁く。

「え？」

「鈴音はバカだなぁって言ってください」

なるほど。

「す、鈴音はバカだなぁ……」

彼女の要望にお応えして囁いてみる。

そんな俺の言葉に彼女はツンと唇を尖(とが)らせた。

「もう、お兄ちゃんってば、また鈴音のことバカにしてる……」

あ、これ可愛いやつだ……。

「でもお兄ちゃん……私こんなに長い公式覚えられないよぅ……」

「でも、覚えなきゃテストでいい点とれないぞ？」

俺の言葉に鈴音ちゃんはペンケースのファスナーを開けると、中をまさぐって何かを取り出した。

「鈴音……なにこれ？」

彼女が取り出したもの……それは筆だった。

「筆だよ？」

「いや、それは見ればわかるけど……」

それは鈴音ちゃんの言う通り筆だった。習字なんかで使う毛先の柔らかい筆である。

その筆はどうやら墨汁童貞のようで、毛先は真っ白いままだ。

でも、なんで筆なんか……。

ポカンと口を開けて筆を眺めていると、鈴音ちゃんは筆をぎゅっと握りしめたまま俺から顔を背けた。

「この筆で私の体に公式を書いてほしいの……」

お、おやおや……またお戯れを……。

「お兄ちゃんが私の体に公式を書いてくれれば、私、ちゃんと公式が覚えられそうな気がする……」

そう言ってテーブルの上に掌を置いた。

どうやらここに書けということらしい。

「本当にここに書けば覚えられるの？」

「お兄ちゃんがえっちに書いてくれれば覚えられる……かも」

という曖昧な返答をいただいた俺は鈴音ちゃんから筆を受け取る。

可愛い妹が求めているのだ。参考資料も選んでもらったし、これくらいのお返しはして当然である。

そう自分の行動を正当化させて、筆先を鈴音ちゃんの掌に乗せた。

「んんっ……」

彼女はなにやらいやらしい吐息とともに身を捩る。

「お、お兄ちゃん、なんだかくすぐったい……」

「やっぱりやめようか？」

彼女は首を横に振った。

「でも我慢しなきゃ公式は覚えられないもんね？　我慢しなきゃダメだよね……」

ということなので、俺はメモを頼りに公式を記入していく。そして、筆を動かすたびに鈴音ちゃんは身をくねらせて悩ましげな吐息を漏らした。

なんという変態学習法……。

その背徳感に満ちた記憶法に、自分だったら、正直なところ公式なんて覚えられる気がしなかった。

それでも可愛い妹から求められている以上、ここで手を止めるわけにはいかない。

筆を進めるにつれて頬を上気させていく鈴音ちゃんに、どうにかなってしまいそうになりながら、なんとか公式を書き終えると筆をテーブルに置いた。

あーやばい……理性が吹き飛ぶところだった……。

掌を弄ばれた鈴音ちゃんは「はぁ……はぁ……これ凄い……」と呼吸を乱れさせている。

なんか俺の知ってる勉強と違う……。

「公式……覚えられたか？」

そんな問いかけに、鈴音ちゃんは何も答えずに荒い息を繰り返していたが、呼吸が整ったところで頬を真っ赤にして俺を見つめてきた。

「ちょっとこれだけじゃ覚えられないかも……」

嘘だろおい……。

どうやら鈴音ちゃんは今のでは満足できなかったようだ。

こんないやらしい吐息を漏らしておきながら、まだ満足できない鈴音ちゃんは立ち上がって、なにやら壁際まで歩いていく。

「鈴音……どうしたの？」

鈴音ちゃんは壁に背中を付けると、ブラウスのボタンを下から順番に四つほど外して、ブラウスを捲り上げた。

「鈴音っ⁉」

彼女は「お兄ちゃん……」と呟きながら、下乳がギリギリ見えないところまでブラウスを捲ると、裾の部分を結ぶ。

「こ、ここにも書いて……」

お腹を指さす鈴音ちゃん。

「び、敏感なところに公式を書けばもっと覚えられると思うの……」

「敏感なところ……」

「お兄ちゃん、私に体で覚えさせて……」

「で、でも鈴音……そんなところに書かれて恥ずかしくないのか？」

「兄妹だから恥ずかしくないよね……」

そして、この殺し文句である。

そうだ。俺と鈴音ちゃんは兄妹なのだ。

兄妹ならば、たとえ……たとえ傍から見れば変態的でしかない行為でも、変態性なんて介在しないのだ。

兄妹だから、少々のスキンシップなんてなんてことないし、お互いにいやらしい気持ちになんてならない。

本当にそうなのか？

いや、そうに違いないっ!!

ということで俺は筆を手に取ると鈴音ちゃんのもとへと歩み寄り、その場で膝立ちになった。

「鈴音……書くよ？」

「いいよ……」

鈴音ちゃんからの許可は下りた。あとは彼女のその透き通るような肌に公式を刻みつけるだけである。

一度息を呑んでから、ゆっくりと筆先を彼女のおへその上に這わせた。

どうやら想像以上に筆先の動きはくすぐったかったようで、鈴音ちゃんは思わず「お兄ちゃん、くすぐったいってば」とクスクスと笑いながら身を捩る。

が、最初は笑っていた鈴音ちゃんの息は徐々に荒くなり「んんっ……」とまた淫乱な吐息を漏らした。

それにしてもホントすべすべな肌。

筆を動かすたびに耐え切れないように、筆から逃げるように体を離そうとするが、それでもすぐにまた筆先へと戻ってくるおへそ。

恥ずかしいけどやめてほしくない。

彼女のお腹を見ているだけで、そのアンビバレントな想いがありありと伝わってくる。

「このままじゃ、私たち、兄妹じゃなくなっちゃう……」

そう呟いて下唇を嚙みしめる鈴音ちゃんの表情は、とっても充実感に満ちていた。

「よ、よし……書けた……」

一〇秒ほどで俺は、なんとか公式を全て書き上げる。

筆先をおへそから離すと、鈴音ちゃんは糸が切れたようにべたりと床にへたり込んだ。

さすがに今のは体に応えたようだ。

鈴音ちゃんに俺をからかうような余力は残っていないようで、その場に女の子座りをしたまま、俯いてビクビクと体を痙攣させている。

「さすがに今ので覚えられそうだよね？」

そう問うてみる。

これで覚えられないとは言わせないぞ。

そんな気持ちで崩れ落ちる鈴音ちゃんを眺めていた。

「お兄ちゃん……これで公式覚えられそうだよ……」

「やったかっ⁉」

どうやらここまですれば、さすがの鈴音ちゃんも満足できたようだ。

彼女はしばらく俺をとろんとした目で見つめた。

が、不意に俺から目を逸らす。

おい、鈴音ちゃんよ……なぜ目を逸らす……。

すごく嫌な予感がする。

「お兄ちゃん……」

「な、なんだい？」

「この公式を忘れないように……復習しなきゃだめだよね……」

嘘だろ……。

まだなのかっ⁉　鈴音ちゃん、まだ満足できないのかっ⁉

その鈴音ちゃんの変態ハングリー精神に愕然としていると、鈴音ちゃんはスカートの裾を僅かに捲りあげた。

「お兄ちゃん」

「なんすか？」

「鈴音、もっともっと公式が覚えられそうなところ知ってるよ？」

「そ、そこはどこですか？」

鈴音ちゃんはスカートが捲りあがって露になった内腿を指さした。

鈴音ちゃん……なんでそんなえっちなところを指さすの？

「ここ……」

「どこ？」

「ここ……」

鈴音ちゃんは自分の指先で内腿をぷにぷにとつついた。

ＯＨ……ＮＯ……。

そんな鈴音ちゃんを前に、俺は筆を落としてその場に崩れ落ちた。

「鈴音……さっき公式を覚えられそうって」

「うん……だけど復習も大切だよ……。今日お兄ちゃんが教えてくれた公式をちゃんと覚えていられるように体に刻み付けないと……」

「でも、そんなところに書いちゃったらお兄ちゃん、お兄ちゃんでいられなくなるかも……」

「大丈夫だよ。兄妹だから……」

兄妹だから大丈夫。

魔法の言葉である。

「お兄ちゃんお願い……。鈴音にもっとお勉強教えて……」

「お、お兄ちゃん、もうどうなっても知らないぞ？」

もうやけくそだ。

俺は床に落ちた筆を手に取った。そして、鈴音ちゃんの足の前で正座をすると鈴音ちゃんの内腿目がけて筆を着地させた。

「ダメっ!!」

その敏感な場所に筆先が触れ、鈴音ちゃんは思わず両手で俺の肩を掴む。

俺の肩を掴んだまま前のめりになる鈴音ちゃんのブラウスの襟元からは、彼女のたわわな谷間が顔を覗(のぞ)かせていた。

これはマズい……。

「お兄ちゃん……むずむずする……」

「もう少しの我慢だから……」

「お兄ちゃんのために、鈴音、我慢するよ……」

鈴音ちゃんの頭が良くなるために、頭の悪い会話を交わしながら筆を走らせる。

我慢すると言っていた鈴音ちゃんだったが「私、おかしくなっちゃう……」と耐え切れない様子だ。

安心して……もう鈴音ちゃんはおかしいから。

そう心の中で鈴音ちゃんを諭しながら、なんとか公式を書き終えた。

書き終えた瞬間、俺は筆を放り投げると胸を押さえて息を整える。

あーやばいやばい……。本気で理性が吹き飛ぶところだった……。

そして、鈴音ちゃんもまた理性が吹き飛ぶすんでのところで耐えきったのか、胸に手を当てて息を整えていた。

が、しばらくしたところで鈴音ちゃんは床に落ちた筆を手に取ると「お、お兄ちゃん……ちょっと耳貸して……」と頬を真っ赤にしたまま俺の顔に手を当てる。そして、俺の耳を自分のほうへと向けた。

「鈴音？」

その不可解な行動に疑問符を浮かべていると、突然、耳元にさらさらとした筆先が触れて、全身にぞわぞわとした感触が襲った。

あ、なにこれ……今まで味わったことない新感覚……。

耳へのさわさわ攻撃に身悶（みもだ）えしつつも、筆先に集中する。

鈴音ちゃんが俺の耳になにか書いてる……。

『あ・り・が・と・う』

それは鈴音ちゃんからのお礼の言葉だった。

結局、それから俺は鈴音ちゃんが問題を解くたびに、彼女の体に公式を刻み付けることとなった。

首筋にうなじ、さらには二の腕と、彼女の体に公式を書いていき、気がついたころには下校時刻を迎えていた。

どうでもいいけど、この図書室……人いなすぎだろ……。

ということで鈴音ちゃんが戸締まりをするのを待って、二人仲良く学校を出てきたのだが。

「…………」

なんだかさっきから隣を歩く鈴音ちゃんがそわそわしていることに、俺は気がついていた。

そして、いつもの並木道にたどり着いたところで彼女は唐突に足を止める。

「鈴音ちゃん？」

「せ、先輩……明日は土曜日ですね？」

「え？　そ、そうだけど……それがどうかしたの？」

何を言い出すかと思えば、そんな当たり前の確認を取ってくる鈴音ちゃん。

「そ、その……先輩がお暇でしたら、明日、私と一緒にお出かけしませんか？」

なんですか、その嬉しいお誘いは。

あとどうでもいいけど、今の鈴音ちゃんは妹モードではなく、いつもの後輩モードのようだ。

「もちろんいいよ」

こんなもん即答以外の選択肢はない。

「それでその……できれば明日は制服で一緒に遊びたいんです……」

どうやらこの提案こそが鈴音ちゃんをそわそわさせた理由のようである。彼女はそう口にすると頬を真っ赤にして恥ずかしそうに顔を背けた。

可愛い。

「別にいいけど……なんで？」

鈴音ちゃんがそんな提案をするからには何か裏があるに違いない。鈴音ちゃんが行動するときは、それすなわち変態的な何かが起こるときなのだ。

「その……ハルカはセーラー服を身に着けている設定ですよね？」

「そうだけど……」

「セーラー服と私の身に着けている制服では色々と勝手が違うと思うんです……。先輩もセーラー服の女の子を描くのであれば、仕組みを知っておいたほうがいいと思うんです……」

なるほど。

確かに俺の書く『親友の妹をＮＴＲ』のヒロインハルカはセーラー服の制服を身に着けている。が、正直なところ、俺はその仕組みはよくわからない。

これまでは想像でなんとなく書いてはいたが、セーラー服について詳しい人間が読めば不自然な描写をしてる可能性もあるのだ。そういう意味では仕組みを知っておくことは悪いことではない。

鈴音ちゃんの言葉は確かにもっともだけど、それと同時に俺はある疑問を抱いた。

「制服デートはいいけど……セーラー服はどうやって用意するの？」

俺たちの学校は男女ともにブレザーだ。そして、鈴音ちゃんと俺は同じ中学で、彼女は中学時代もブレザーを身に着けていた。

つまり、普通に考えれば鈴音ちゃんはセーラー服を持っていない。

仮に制服デートをしても彼女の制服がブレザーである以上、あまり小説の参考にはならない気もする……。

そんな疑問を抱きながら首を傾げていると、彼女は相変わらず俺から顔を背けたままぽつりとつぶやいた。

「深雪ちゃんの高校は確かセーラー服でしたよね……」

「……」

鈴音ちゃん……どうして今、深雪の話題を出したんだい？

「そ、その……深雪ちゃんの制服をもしも手に入れることができれば、きっと明日のデートは先輩にとって有意義なものになると思うんです……」

「て、手に入れるって……どうするの？」

「……」

いや、なんでそこで黙るの……。

「あ、あれかな……鈴音ちゃんから深雪に制服を貸してって頼んでくれるのかな？」

「先輩……覚えていますか？」

「覚えてるって……なにを？」

「小説の中で秀太が夜な夜なハルカの部屋に忍び込んで、彼女の制服を部屋に持ち帰っている描写です」

「お、覚えているけど……それがどうしたの？」

なんだろう……自分でも感じたことのないくらいに鼓動が早くなってる……。

「先輩、確かに私が深雪ちゃんにセーラー服を貸してって頼むのは簡単です。ですが、小説をよりリアリティのあるものにするためには、妹の部屋に忍び込む緊張感は実際に体験しておいたほうがいいと思います」

怖いわ……この子……怖いわ……。

「でも鈴音ちゃん……もしもバレたら俺の人生終わっちゃう……」

「そうですか？　お兄ちゃんはよく盗みに来ていましたし、それくらいなら大丈夫です」

鈴音ちゃん……水無月家基準でものを話すのはやめて……。

どうやら鈴音ちゃんにとっては妹の制服を盗む程度のことは、大したリスクではないようだ。

とんでもない要求をしてきたと思ったが、彼女にとってはちょっとしたおねだり程度のことらしい。

そんな水無月家と世間一般との常識のギャップに表情を凍らせていると、彼女は俺の手を両手で包み込んで見つめてきた。

「先輩、最高の小説を書くためには妥協をしてはダメです。よりリアリティのあるものでないと、読者さんは物語に没頭できないですよ？」

「いや、そうですが……」

「それにその……もしもバレちゃった場合は私が深雪ちゃんにうまい具合に言い訳をしておきます」

その言葉……本当に信じても大丈夫なんですか？

なんだか不安しかないんだけど……。

が、鈴音ちゃんは本気のようだ。その目から確たる意思を感じる。

「先輩、妹の制服を盗むことなんて普通のことです」

「本当ですか？」

と、そこで鈴音ちゃんは俺の耳元に唇を寄せてきた。

「それに私、先輩にならされてもいいです……」

「ぬおっ⁉」

「先輩、お願いできますか？」

「…………はい……」

ということで、今宵、俺は実の妹の制服を盗むことになった。

鈴音ちゃんとはいつもの朝の待ち合わせ場所でお別れをして、どんよりした気持ちで家路についた俺だったが、しばらく歩いたところで、ふと誰かに肩を叩かれた。

不意の感触に「ひゃっ⁉」と情けない声を漏らした俺が後ろを振り返ると、そこにはマフィアが立っていた。

あ、こっわ……。

この日本において住宅街を歩いていて、マフィアに肩を叩かれることなんてありえない。

みんなはそう思うだろう。だけど、そこに立っていたのは確かにマフィアだった。

その男は黒いスーツを身にまとっており、頭はスキンヘッド、さらにはこの夕暮れどきだというのに、グラサンをかけて俺をじっと見つめていた。

この男をマフィアという言葉以外でどう表現すればいいのだろう。

それほどまでに目の前の男はマフィア然としていた。

「な、なにか用でございましょうか？」

怖いね……。

全くもってマフィアに声をかけられる理由がわからない俺は、とりあえず震える声でそう尋ねると、マフィアは顔をキスできるくらいまで近づけて睨んできた。

あー近い近い。

「てめえ、どこの者だ……」

こっわ……。

見た目だけではなく、ドスの利いた声もやっぱりマフィアだった。

いや、なんで……。なんで俺はマフィアに凄まれてるの？

全くもって意味がわからない俺は、ただ泣きそうになりながら足をがくがくと震わせることしかできない。

が、マフィアは黙ることを許してくれない。

「聞こえなかったか？　てめえはどこの者だと聞いているんだ」

きっとマフィアの尋ねていることを、わかりやすくするとこういうことだろう。

てめえ、どこの組の者だ。俺のシマで何をやっている。

だが、俺はどこの組の者でもない。正確に言えば二年C組だが、この男が求めている回答ではなさそうだ。

「ぼ、僕はただの善良な高校生でして——」

「んなもん、見ればわかるっ!!」

「で、ですよね……」

いや、だから怖いって……。

なんでだ？　なんで俺はこんなことになっている？

全くもってわけがわからない。よくわからないが、俺はこのまま殺されてしまうのだろうか？

「てめえ、さっき鈴音と二人で歩いていたな？　お前と鈴音はどういう関係だ」

マフィアはそう尋ねた。

なんでマフィアが鈴音ちゃんの名前を知っているの？

いや、ちょっと待て……。

「あ、あの……一つお尋ねしてもよろしいでしょうか？」

「なんだ？」

「もしかしてですが……鈴音ちゃんのお父さまでしょうか？」

「だったらなんだっ!!」

「で、ですよね……」

やっぱり……。

どうやらこの男は鈴音ちゃんの父親のようである。

すっかり失念していた。

水無月家にだって当然ながら大黒柱と呼ばれる人物が存在することに。

水無月家のほかの面々のキャラがあまりにも濃すぎて、その当たり前の事実を俺は完全に失念していた。

「で、まだ返答はもらっていないな。てめえと鈴音はいったいどういう関係なんだ？　その辺、はっきり聞かせてもらおうか？」

「いや、それは……」

確信した。

もしも今、ここで鈴音ちゃんとの関係を赤裸々に口にしたとしたら、俺はそのまま東京湾で魚の餌になる。

死にたくない……まだ俺は高校生なんだ。せめてもう一〇年だけでも現世を楽しみたい。

だから、

「す、鈴音さんとは、あくまで良きご学友というか、それ以上でも以下でもないというか……」

「ほう……そのわりには、ずいぶんと親しげに会話をしていたな？」

「いえ、そのようなことは決して……」

助けて……誰か助けて……。

お前に娘をやらん的な父親がこの世界に存在していることは知っていたが、目の前の男はその最終形態のようだ。

今、この男が懐に手を入れてチャカを取り出したとしても俺は何も驚かない。

少なくともこの場でボコボコにされて、顔の形を変えられるくらいのことは覚悟しておかないと駄目かもな……。

なんて覚悟を決めていた俺だったが。

「あら、パパ？」

そこで前方から声が聞こえた。今にもキスしちゃいそうなほどの距離のマフィアの顔から、少し顔をずらして奥を見やると、そこには見知った顔があった。

「あら、こののんくんもいるじゃない」

鈴音母だった。

鈴音母は、今、俺とマフィアの間に流れる緊張した空気に気づいているのか、いないのか、いつもの調子でニコニコとご機嫌そうに俺たちのもとに歩み寄ってくると、パパことマフィアを見やった。

「パパったら、こののんくんと二人で何の話をしているの？」

「ぬおっ⁉」

そんな鈴音母の言葉にマフィアは少し驚いたように俺と鈴音母の顔を交互に見やった。

なんだ、その驚いた顔は……。

まあいいか。

どうやら鈴音母はマフィアから回答を得られないと判断したのか、今度は俺の顔を見やった。

「こののんくん、会いたかったよ～」

そして、そう叫ぶと俺の体をぎゅっとハグする。

その直後だった。

「ぬおおおおおおおおおおおおおっ‼」

俺に当たり前のようにハグする鈴音母の姿に、マフィアは住宅街に響き渡る大きな叫び声を上げた。

あ、これ……やばい流れかも……。

鈴音母よ。マフィアの女に手を出すことが、どれほどの禁忌なのかご存じないですか？

「お、お前……鈴音だけでは飽き足らず鈴葉ちゃんにまで」

どうやら鈴音母のハグはマフィアの逆鱗に触れたようだ。

みるみる顔を真っ赤にしてゆでだこのようになるマフィアを鈴音母の肩越しに眺めていると、ようやく鈴音母は俺から体を離してマフィアを見やった。

「もしかしてパパはこののんくんと会うのは初めて？」

「だ、だったらなんだっ⁉」

「パパは知らないかもしれないけど、こののんくんと鈴音ちゃんはとっても仲良しなのよ？　よかったわねパパ。これで水無月家の将来は安泰ね」

鈴音母……ややこしいことになるのでちょっと黙っていただけませんか？

そんな俺の願いもむなしく鈴音母はまるで緊張感のない様子で、最悪な形でマフィアに俺の紹介をした。

そして。

「ぬおおおおおおおおおおおおおおおっ‼　なんてことだっ‼　なんてことだっ‼」

案の定、マフィアはさらに興奮した様子で絶叫した。

結局、そのあとどうなったか記憶は曖昧だ。

あの後、マフィアの興奮が最高潮に達して「ぶち殺してやるっ‼　ぶち殺してやるっ‼」と凄まれたような気がする。

最終的には鈴音母がそんなマフィアの腕を強引に引いて「こののんくん、じゃあまたね」と俺の前からいなくなった気がするから、きっと俺の命は繋がったのだろう。

というわけで、なんとか死ぬことなく帰宅してきた俺だったが、自宅に近づくにつれて今度は鈴音ちゃんからの宿題に憂鬱になる。

「ただいま……」

「あ、おにい、お帰り」

ということで自宅のドアを開けると、パジャマ姿の深雪が立っていた。

どうやら風呂上がりだったようで、彼女は下ろした髪をバスタオルで丁寧に拭っている。

彼女は疑うことを知らないような目で俺のことを見つめていた。

あ、深雪ちゃんのその視線、今のおにいにはちょっと痛いです……。

彼女は、そんな俺の痛む心を知る由もないようで、俺のもとに歩み寄ってくると、何やらご機嫌そうに俺を見上げた。

「ねえねえおにい。私の髪を見てみて」

深雪は何やら自分の髪を手に取ると俺の顔の前でひらひらさせてくる。

「見たけど、それがどうかしたのか？」

「新しいシャンプーだよ？　一本三〇〇〇円もしたんだよ？　なんだかいつもよりつやつやしてる気がしない？」

「ん？　……ああ、そういえば確かに……」

「あ、おにいが使うときは使用料として、二〇〇円を私の机に置いといてね」

「いや、使わねえよ」

俺はリンス入りシャンプー一択だ。

が、確かに深雪の髪の天使の輪が、いつにも増して輝いているような気がする。

どうやら深雪はそのことを俺に自慢したいらしい。

ただシャンプーを変えただけで、こんなにも嬉しそうに自慢をしてくる深雪ちゃん。

考えすぎなのかもしれないけど、今の俺にそんな深雪ちゃんが、いつにも増して健気に見えて胸が痛くなる……。

深雪……今宵、おにいはそんな健気な深雪ちゃんの制服を盗もうとしているんだよ……。

もうね……深雪ちゃんの目を一生まっすぐ見つめられる気がしないの。

健気に俺を見つめてくれる深雪ちゃんには悪いけど、罪悪感に耐え切れず目を逸らしてしまう。

「おにい？」

深雪はそんな俺の視線移動に気づいたようで、なにやら不思議そうに首を傾げた。

「おにい、どうかしたの？」

「いや、なんでもない……」

「なんでもないなら、どうして目を逸らすの？」

「なんでって言われても……」

それはね、心が汚れてしまった俺には健気な深雪ちゃんが眩（まぶ）しすぎるからだよ……なんて言えない。

曖昧な返答でその場を乗り切ろうとしていた俺だったが、どうやら今日の深雪ちゃんは流してくれないようだ。

目を逸らしていても、彼女がじっと俺のことを見つめ続けているのがわかる。

「おにい……なんか怒ってる？」

「いや、別に怒ってないけど……」

「ならどうしていつもと違うの？」

「別に一緒ですぞ……」

「そんなことないよ。いつもだったら、おにいはちゃんと私の目を見てお話しするもん……」

「そんなことないですぞ……」

あー駄目だ。

深雪ちゃんよ。おにいは察しのいいガキは嫌いだぞ。

彼女は目を逸らしていてもわかるほどに寂しそうな目で見つめてくる。

「おにい……もしかして深雪のこと嫌いになった？」

そして、この台詞である。

普段は俺のことをぞんざいに扱う彼女だが、認めるのは恥ずかしいけど、こやつはこう見えてなかなかのお兄ちゃんっ子である。

思春期を迎えるまでは、家ではずっと俺のそばを離れなかったし、今でもその片鱗を時折見せてくることがある。

今、それを見せられるのはおにいとしてはなかなか辛いものがある。

「別に嫌いになってないよ」

「じゃあなんで目を合わせてくれないの？」

「………」

「なんで返事をしてくれないの？」

「………」

「も、もしかしてシャンプー使わせないって言ったの怒ってる？　あれは冗談だよ。おにいも使ってもいいよ」

「いや、それは別にどっちでもいい」

さっきも言ったが、俺はリンス入りシャンプー以外は認めていない。むしろシャンプーとリンスを、わざわざ分けて使う人間を下に見ている。

が、今はシャンプーのことを考えている場合ではない。まずは可愛い妹の不信感を払拭しないことには後々面倒だ。

だから俺は、太陽よりも眩しい妹の健気な瞳に視線を向けた。

あー眩しい……。

「別に嫌いになんてなってないさ。ちょっと考え事をしていただけ」

「本当？」

「本当だよ」

「本当に本当？」

「本当に本当」

「な、ならいいけど……」

どうやら深雪はようやく俺に対する不信感を和らげてくれたようだ。

彼女はじっと俺を見つめたまま、頬を緩める。

「おにい、私のこと嫌いにならないでね」

「お前がお利口さんでいる限りはな」

「もしもおにいが私のこと嫌いになったら……」

「嫌いになったら？」

「てめえの指すべて詰めて、魚の餌にするからな」

あ、こっわ……。

「………はい。肝に銘じます」

ということで俺は深雪から解放された。バスタオルで髪を拭いながらリビングへと歩いて行く深雪を眺めながら俺は理解した。

制服盗みがバレることは死を意味することを……。


夜になった。

それはつまり作戦実行の時間が近づいてきたことを意味する。

やるなら深夜の時間以外にありえない。というのも深雪の部屋には鍵がかかっているのだ。

実は三年ほど前に、彼女は親におねだりをして部屋に鍵をつけてもらっている。どうやら思春期を迎えた女の子にはプライバシーという感情が芽生えるようで、鍵を設置して以来、彼女は常に部屋に鍵をかけている。

ならば部屋に入れないじゃないか？

そう思われるかもしれないが、実はセキュリティ万全の彼女の部屋にもセキュリティホールが存在する。

それはバルコニーにつながる窓である。

実は俺の部屋と深雪の部屋はバルコニーで繋がっている。そして、一年のうちで今の時期、つまりは春と夏の変わり目である今の時期だけは、彼女は部屋の窓を開けて眠るのだ。エアコンをつけるほどではないが、かといって部屋を閉め切るには暑い。

そんな今の時期だけは彼女は部屋の窓を開ける。現に、ここのところ眠る前にその音が聞こえてくる。

だから、もしも制服を盗むのであれば、深雪が寝静まった深夜以外にはありえないのだ。バルコニーから彼女の部屋に忍び込んで、こっそり制服を拝借する。そして、制服が必要になる月曜日の朝までに元の場所に戻しておけば大丈夫だ。

ということで、部屋に閉じこもって深雪が眠るのをじっと待っていた俺だったが、そろそろ彼女が眠りにつきそうな二三時ごろ、不意に自室のドアを誰かがノックした。

「はい」

「おにい、起きてる？」

どうやらやってきたのは深雪らしい。

「開けてもいいぞ」

そう答えると、部屋のドアがゆっくりと開いて、パジャマ姿の深雪が姿を現した。

相変わらず睡眠キャップを被って、腕にはたーくんことウサギのぬいぐるみが抱えられている。

「どうしたんだ？」

こんな時間になんの用だろうか？

首を傾げていると、深雪がなにやらそわそわした様子で、たーくんをぎゅっと抱きしめる。

「おにいはまだ寝ないの？」

「まあな」

少なくともお前が寝るまではな。

さて、我が妹はなんでそんなことを、わざわざ俺の部屋にまでやってきて尋ねるのだろうか？

おにい、今、すごく嫌な予感がしてるよ……。

そして、そんなおにいの嫌な予感は直後的中した。

「今日はおにいの部屋で寝る」

「いや、なんで……」

「なんでも」

深雪ちゃん、今のおにいはね、なんでも、などという曖昧な理由できみと一緒におねんねできる状態ではないんだよ……。

どうやら彼女はさっきの玄関での一件で、少し寂しくなっちゃったようだ。

それ自体は時折あることなのだが、今日に限ってはまずい。

当然ながら深雪が俺の部屋で眠れば、彼女は部屋に施錠する。もはや彼女の施錠は習慣となっているのだ。

そして、俺の部屋で眠るということは、つまり窓を開けることもないということだ。

詰んだ……。

壁にこっそり穴でも開けない限り、深雪の部屋に侵入するのは不可能だ。

これはなんとしても彼女を自室で寝かさなければならない。

「悪いけど、おにいは夜遅くまでやることがあるから」

「いいよ。私は気にしないから」

「でも、明るいとなかなか眠りづらいだろ？」

「お布団の中にもぐって寝るから大丈夫だよ」

「いや、だけど——」

「なんか文句あんのか？　ああ？」

「…………いえ、ありません……」

ということで深雪が俺の部屋で眠ることが決定した。

そうだった……俺に拒否権なんてないんだった……。

部屋に侵入してきた深雪氏はそのままベッドに潜り込むと「お前も寝ろ」と一言、ベッドをぽんぽんと叩く。

強制就寝である。

深雪が寝ろと言えば、寝る以外の選択肢はない。

仕方がないので照明を消すと、俺もまたベッドへと入ることにした。ベッドに仰向けになると、深雪が俺の腕にしがみついてくる。

完全ホールドである。

「おにい、お休み」

「お、おう……お休み……」

さて、どうしようか……。

このままではマズい。今や深雪の部屋は完全に外界から遮断され、それどころか俺の腕は完全ロックされている。

この状態で明日のデートまでに深雪の制服を調達するのは難しい。

なんとかして深雪の部屋に潜入しなければ……。

なんて考えていると隣から小さな寝息が聞こえてきた。深雪を見やると彼女は満足げに寝息を立てている。

相変わらず寝付きのいい奴だ……。

そんな妹の寝顔をしばらく眺めていた俺だったが、ふと彼女のパジャマの胸ポケットに目が行った。

あ、何かが出てる……。

彼女の平らな胸元を見やると、ポケットからキーホルダーのようなものが出ていることに気がつく。

そして、俺はそのキーホルダーに見覚えがあった。

俺の記憶が正しければ、それは深雪の部屋の鍵である。彼女が鍵を身につけているということは確実に部屋の施錠をしたということだが、どうやらこんなところにあったらしい。

こいつを引き抜けば、深雪の部屋に入ることができる……。

自分の右腕を見やった。

まずは深雪によってがっちりホールドされている右腕を解放しないことには、深雪の部屋はおろかトイレにすら行けない。

ということでそっと右腕を引き抜いてみようとする。

が、

あ、びくともしねえ……。

俺の腕は深雪の両腕によって平らな胸元にしっかり引き寄せられており、さらには手首は彼女の太腿に挟まれている。

つまり完全に抱き枕にされていた。

が、このままでは何もできやしない。ということで、やや強引に腕を深雪から引き離すと、深雪は「んんっ……」と不快げに眉をピクピク動かしながらも俺の腕を解放してくれた。

よし、第一関門突破だ。

が、次は第二関門が待っている。

深雪の胸ポケットの鍵だ。バルコニーから忍び込むことが不可能になった今、この鍵がなければ、彼女の部屋に入ることはできないのだ。

彼女の寝顔を眺めて、確かに眠っていることを確認する。深雪はなにやら気持ちよさそうに口をむにゃむにゃさせていた。

確認が終わったところで一つ深呼吸をすると、彼女の胸元へとゆっくりと右手を伸ばしていく。

なんで妹の胸元に手を伸ばさなきゃならん……。

賢者モードになりそうな自分を必死に抑えながら、胸ポケットから顔を出す星の形のキーホルダーに触れる。

あとはこいつを引き抜くだけだ。

妹を起こさぬように細心の注意を払いキーホルダーを引き抜こうとするが、彼女はそこでぬいぐるみのたーくんをぎゅっと胸に引き寄せた。

その結果、鍵は深雪の平らな胸とたーくんの間に挟まれてしまい、引き抜く難易度が上がる。

OH……NO……。

が、ここで諦めるわけにはいかない。後もう少しなのだ。後もう少しで深雪の部屋の鍵が手に入る。だから、気持ちを切り替えて、再び慎重に慎重にキーホルダーを引き抜いていく。

「んんっ……やだ……」

どうやら鍵がポケットの中で深雪の胸に摩擦を与えたらしい。鍵に胸をこすられた深雪はまた眉をひそめてわずかに身をよじる。

深雪ちゃん……おにいにそんなメスの顔を見せないで……。

が、ここまで来たら引き返すわけにはいかない。俺は実妹のメスの顔を眺めながら、なんとか鍵を引き抜いた。

よし。

後は深雪の部屋に忍び込んで制服を拝借するだけだ。彼女を起こさぬように、ゆっくりとベッドから下りると深雪の部屋へと移動することにした。

鍵穴に鍵をさしこむとガチャリと鍵の開く音がする。ゆっくりとドアノブを開くと、暗闇の中、左手の感触を頼りに壁に設置された照明のスイッチをオンにした。

おー、なんか久々に見る気がする。

視界に広がる女の子然とした部屋になんとも懐かしい気持ちになりながらも、さっそく部屋に潜入だ。

部屋を見回すと勉強机の隣に大きなクローゼットを見つけた。

おそらくこの中にありそうだ。

ということでクローゼットまで歩いて行くと観音扉を開く。すると、あっさりと深雪の制服は見つかった。

あとはこれを家のどこかに隠しておいて、明日、家を出るときに袋か何かに入れて持ち出せば完璧だ。

一時はどうなるかと思ったが、これでミッション達成だ。

深雪よ。悪いおにいを許してくれ。お前にバレないようにそっと戻しておくから悪く思わないでくれよ。

そう心の中で謝罪をして早々に深雪の部屋を脱出する。

ゆっくりとドアノブを回して扉を開くと、隙間から体を出してドアを閉めようとした

………のだが。

その直前に俺は見た。

窓の外に妹の姿を見た。

何やら心から冷め切った目で窓越しに俺を見つめるパジャマ姿の妹を見た。

あ、俺……終わったわ……。


あの後、深雪に強制的に自室へと連行された俺は、彼女から尋問を受けることになった。

「いったいお前の何がそうさせた」

そんな深雪ちゃんからの質問に、俺はある程度オブラートに包んで事情を説明することになった。

実は深雪に見つかった場合のシミュレーションを鈴音ちゃんと考えていたのだ。

まずは制服を盗んだ理由。それは鈴音ちゃんと制服デートをすることになったからだと説明した。

鈴音ちゃんにセーラー服を着させたいと思った俺は、深雪からセーラー服を借りることになったのだが、俺にはそんなことを深雪に頼む勇気はなく、その結果、こっそり深雪の部屋から拝借しようとしたという筋書きである。

実際にはセーラー服を所望したのは鈴音ちゃんだし、俺たちは別に制服デートをしたいわけではなく、官能小説の参考にしたかったというのが本当の理由だ。

が、そんなことは口が裂けても言えない。

だから、なんとか官能小説バレしないレベルに作り話を交ぜて言い訳をした俺だったが、俺にはこの程度の言い訳で深雪から許しを得られるとは思えなかった。

だが、泣きそうになりながら釈明をする俺を、深雪はしばらくじっと見つめてから、ふいに「クスッ」と笑いを漏らした。

ん？

「深雪さん、いかがいたしましたか？」

「まあ、とりあえずは正直に白状したことは褒めてあげる」

そう言って深雪はなおもクスクスと笑う。

その深雪の笑顔は、俺にとっては激怒されるよりも不気味で恐ろしかった。

「今晩、おにいが私の制服を盗むこと、知ってたよ」

「それはどうしてでしょうか？」

「鈴音ちゃんから事前に聞いていたから」

「はい？」

「おにいが私にセーラー服を貸してくれって頼む勇気はないだろうから、もしかしたらおにいが私の制服を盗みに来るかもしれないって言われてたの」

「な、なるほど……」

どうやら鈴音ちゃんは先手を打っていたようだ。

「だからおにいにいたずらしようと思って、あえて、おにいの部屋で寝たらどんな反応するか見てたの。そしたらおにい、すごい慌てた顔をしてたからそれが面白くて……」

なるほど、俺はつくづく隠しごとが苦手のようだ。

「私の部屋に忍び込んだのは褒められないけど、まあ、今回のことは鈴音ちゃんに免じて許してあげる」

「ありがたき幸せにございます……」

「だけど次からはちゃんと私に声をかけてね」

「はい……」

ということで、修羅場は回避された。

この説明だと、俺は鈴音ちゃんにセーラー服を着させたい変態さんみたいな印象を深雪に与えることになるが、それでも、妹の制服を盗む変態シスコン野郎というレッテルは貼られずにすんだ。

深手を負わずに済んだことに胸を撫で下ろした俺だったが、そんな俺に深雪が首を傾げる。

「ねえ、おにい聞いてもいい？」

「はい、なんなりと……」

「どうして鈴音ちゃんにセーラー服を着させたいの？　鈴音ちゃんの学校の制服って可愛いと思うし、わざわざ地味なセーラーなんか鈴音ちゃんに着させなくてもいいと思うんだけど」

深雪ちゃん、それはね、鈴音ちゃんがセーラー服を着ることが、俺の官能小説にとってとっても大切なことだからだよ。

なんてことは当然口にできるわけはない。

「え？　ま、まあそれはその……」

その結果、嘘が苦手な俺は曖昧な返事をすることになったのだが、彼女はそんな俺をジト目で見つめてくる。

「おにい……なんか隠してる……」

「え？　い、いや……なんでもないから」

深雪はそんな俺をしばらく見つめていた。

が、不意に「はぁ……」とため息を吐くと「まあ、なんでもいいけど」と俺から事情を聞き出すことを諦めた。

難を逃れた。

このとき、俺はそう思った。

だが、そんな俺の曖昧な反応が新たな火種を呼んだことを、このときの俺には気づくことができなかった。

いや、気づくことができなかったのは、それだけではなかった。

床に置かれた俺の学生鞄から、わずかではあるが鈴音ちゃんが見繕ってくれた官能小説が顔を覗かせていることに。

そして、そのことに気がついたとき、俺は地獄を見ることとなった。

第二章　マジカル変態ミステリーツアー

色々あったが無事に合法的に深雪のセーラー服を手に入れることができた。

深雪からは誤解されることになったが、まあシスコンの汚名を着せられることと比べれば、かすり傷のようなものである。

ということで休日だというのに制服に着替えた俺は、深雪のセーラー服の入った紙袋を手に鈴音ちゃんの家にやってきた。

いつもならば駅前や公園で待ち合わせをすることが多いけど、今日は制服デートなのだ。きっと家で着替えてからデートに出かけるのだろう。

なんて考えていたのだが……。

「あ、お兄ちゃんっ!!」

鈴音ちゃんの家にたどり着いたところでそんな声が聞こえてきた。

窓から声をかけてきたのだろうか？

そう思った俺は水無月家を見上げてみるが、少なくとも俺から見える窓は全て閉まっている。

ん？　じゃあどこから声をかけられたんだ？

きょろきょろと周りを見回していると、ガレージに止まる水無月家の自家用車で視線が止まった。

あ、鈴音ちゃんだ。

彼女はなぜか車の後部座席から体を乗り出して俺に小さく手を振っていた。

可愛（かわい）い……けどなんで？

なんて考えていると、今度は運転席の窓からひょっこりと別の顔が出てくる。

「竜太郎（りゅうたろう）く～んっ!!」

竜太郎くん？

顔を出したのは鈴音母だった。彼女は何やらご機嫌そうに笑みを浮かべて、これまた俺に手を振っている。

可愛い……けどなんで？

あと、なんで竜太郎くん？

首を傾（かし）げていると今度は助手席からひょっこりとまた顔が出てきた。

「おー竜太郎っ!!　おはよう。今日は良い天気だなっ!!」

顔を出したのは坊主頭の翔太（しょうた）だった。

なるほど……。

鈴音母が俺をこののんではなく、竜太郎くんと呼んだ理由を理解した。

なにせ、翔太は俺がこののんだと知らないのだ。どうやら鈴音母なりの配慮だったようだ。

翔太はなにやら無駄にギラギラした瞳で俺に笑顔を向けて手を振っていた。

キモい……けどなんで？

これはどういう状況なんだ？　俺は今日は鈴音ちゃんと制服デートをするために、ここへやってきた。そのために昨晩は兄としてのプライドを捨てて制服泥棒までやったのだ。

が、車からはマフィアを除く水無月家の面々が顔を出して俺に手を振っている。

わけがわからないまま、ぽかんと口を開けていると鈴音母が俺を手招きしてきた。

「このの……じゃなくて、竜太郎くん、早く車に乗って。出発するわよ」

出発ってどこに行くの？

なんか嫌な予感がしながら、窓から顔を出す笑顔の水無月家の面々を眺める。

なんだろう……俺、この車に乗りたくないんだけど……。

が、当然ながら俺に拒否権があるはずもなく、鈴音母の手招きに応じて車へと歩いて行く。

後部座席に乗り込もうとしたが、その前に鈴音母から「竜太郎くん、一旦こっちに来て」と言われたので運転席の前まで行くと、「ちゅっ」と頬に鈴音母からおはようのキスをされた。

いや、今のいらないだろ……と思いつつも後部座席のドアを開けて車に乗り込む。

隣に座る鈴音ちゃんがこっちに寄ってきて「お兄ちゃん、おはよう」と改めて挨拶をしてきた。

今日の鈴音ちゃんは水色のワンピースを身につけている。夏も近いということもあり、半袖でスカートもミニになっている。そして、いつも下ろしている髪はサイドテールになっており、ワンピースに合わせた水色のシュシュが可愛い。

あ、ちなみに鈴音母はいつものスーツ姿である。

改めて車内を見回す。

なんか理由はわからないけど、車内の水無月家の個性的な面々を眺めていると逃げ出したくなった。

なんだか怖くなった俺は一度外の空気を吸おうと後部座席のドアを開けようとしたが、チャイルドロックがかかっていてびくともしない。

あ、こっわ……。

「じゃあ、出発するから、みんなシートベルトを締めてね」

ということで車が走り出した。

ねえ、どこに行くの？

「お兄ちゃん、おはよう」

「え？　お、おう……おはよう……」

鈴音ちゃんはすでに妹モードになっているようで、俺をお兄ちゃん呼びしながら腕にしがみついてきた。彼女の大きなお胸が二の腕に押しつけられる。

うむ、やわらかい……。

二の腕に幸せな感触を抱きながらも、不安になって助手席の翔太を見やる。

もちろん俺は自分が鈴音ちゃんと兄妹ごっこをしているのを知っているし、鈴音母もそのことは知っているだろう。が、少なくとも翔太はそのことを知らないはずだ。

当たり前のように俺をお兄ちゃん呼びする鈴音ちゃんを見て、翔太は不思議に思わないのか？

悟りを開いたことは知っているけど、可愛い実の妹が俺にベタベタするのを見てなんとも思わないのだろうか？

が、翔太の顔を見た瞬間、そんな心配は杞憂であることに気づいた。

助手席の翔太は、笑顔でキラキラした瞳を進行方向に向けたまま微動だにしていない。

あーキモい……。

お、お母さま……息子をそろそろ病院に連れて行ったほうが……。

がまあ、とりあえずは怒っていなそうで良かった。

どうやら本当に悟りを開いたらしい。

けどこいつ……未だに俺の小説には感想を書き込んでいるんだよな……。

こいつは一体何を考えながら生きているのだろう……。そんな疑問は尽きないが、今の俺にとってはもっと優先すべき疑問がある。

「あの……お母さま？」

「竜太郎。ママのことはママって呼んで」

「ま、ママ……」

「竜太郎、な〜に？」

「ママは車を運転してどこに向かっているんですか？」

少なくとも俺は鈴音ちゃんと制服デートをするつもりでやって来た。が、現実は動物が車に乗り込むタイプのサファリパークにやってきた気持ちだ。

少なくとも行き先くらいは聞いておかなければ、精神衛生上よろしくない。

そんな俺の疑問に鈴音母は「翔太ちゃん」となぜか翔太の名を呼んだ。

「ママ、なんだい？」

「ママたちこれから翔太ちゃんには聞かせられないお話をするから、ちょっと大音量で音楽を聴いててくれる？」

んだ。

「ママ、お安いご用だよ」

そう答えると翔太はポケットからワイヤレスイヤホンを取り出すと、それを耳に突っ込んだ。

おい、翔太よ……それでいいのか？

が、翔太は全く気にしていない様子で笑顔のままだ。あとどうでも良いけど、翔太の耳からうっすらとお経みたいな音声が漏れてる……。

「こののんくん、この間三つの背徳感のお話はしたわよね？」

「え？　ま、まぁ……」

三つの背徳感というのは、この間の打ち合わせで鈴音母からプロットに入れろと言われた背徳的な感情のことだ。

「こののんくん、私が言った三つの背徳感の内容は覚えてる？」

「え、え～と、好きになってはいけない人を好きになることと、好きな人を裏切って他の人と親密になることと……あと一つは……なんだったっけ？」

と、そこで鈴音ちゃんが摑んでいた俺の腕を引っ張る。

「お兄ちゃん、三つ目は誰かの大切な人を奪い取る背徳感だよ」

「おー確か、そんなんだった気がする」

「こののんくん、ちゃんと覚えてなきゃ駄目じゃない。もう一回、体で覚えさせてあげようか？」

「いえ、結構です……。けど、それがどうしたんですか？」

「今日から一泊二日でこののんくんには背徳強化合宿に参加してもらうことになったの」

なんすか……その怪しげな合宿は……。

「これから二日間、こののんくんにはしっかり背徳感を覚えてもらって最高のプロットを作ってもらうことになったの。深雪ちゃんを通じてご家族にはすでに了承はもらってるから安心してね」

「そ、そうっすか……。ちなみに俺たちはどこに向かっているんですか？」

「それは秘密っ!!」

あー怖い……。

どうやら俺は強制的に変態ミステリーツアーに参加させられたようだ。

あと、鈴音母よ……ここに翔太ちゃんがいる意味はあるんですか？

と、そこで鈴音ちゃんが再び俺の腕をぐいぐいと引っ張って首を傾げる。

「どうしたの？」

「お兄ちゃん、今日から二日間、辛いこともあるけど一緒に頑張ろうね」

え？　辛いこともあるんですか？

甚だ不安な俺を乗せて車は、俺の知らないどこかへと向かって加速していった。

ということで、行き先もわからないまま車は二時間以上走った。

高速道路を乗り継ぎ、さらには車ごとフェリーに乗り、知らない島にたどり着く。それからさらにしばらく海岸沿いの道路を突っ走り、海辺の一軒家のガレージで車は止まった。

いや、ここ……どこ……。

「みんな着いたわよ。降りましょ？」

そう言って鈴音母が車のエンジンを止めた。

エンジンが止まり静かになった車内にはうっすらとお経の音が広がり、そこで俺は、翔太が鈴音母からもうイヤホンを外していいと伝えられていないことに気がついた。

「あらやだ……」

鈴音母もそのことを今更ながら思い出したようで、翔太の肩をポンポンと叩く。

「どうしたのっ!!　ママッ!!」

あ、声デカ……。

ということで、翔太もイヤホンを外し全員車を降りた。あ、ちなみに俺のドアは相変わらずチャイルドロックがかかっているので、鈴音母に開けてもらうことになった。

車を降りると潮風が鼻腔をくすぐる。

そして、視界いっぱいに広がるのは大海原と水平線。

うむ、心地よい。

心地よいのは良いけど……。

「あの、お母さま……」

「ママでしょ？」

「え？　あ、すみません。ママ、ここはどこなのでしょうか？」

「そういえば竜太郎くんを連れてくるのは初めてかしら？」

「ええまあ……」

鈴音母は「あぁ〜いいわね〜」と気持ちよさそうにしばらく海を眺めてから、海とは反対側に顔を向けて目の前に立つ一軒家を指さした。

「ここはパパの別荘よ」

「べ、別荘？」

と、そこで鈴音ちゃんが、俺の腕にしがみついてきた。

「ここはお祖父ちゃんが建てた別荘だよ。時々私たち家族も使わせてもらってるの」

なんだろう。俺、別荘を持ってる知り合いに初めて会ったわ……。

「え？　鈴音ちゃんのお祖父ちゃんってそんなにお金持ちなの？」

「お兄ちゃん、私は鈴音だよ。お祖父ちゃんはヴィーナス文庫を展開している出版社の社長だよ」

「な、なるほど……」

なんだろう……衝撃がでかすぎて逆にリアクションが取れない。

だが、その事実を知り、俺は鈴音母がこんなにも変態に寛大な理由が理解できた気がした。

名実ともに水無月家が変態家族であることが証明された瞬間である。

「じゃあみんな、トランクから荷物を取って別荘に移動しましょう」

という鈴音母の号令で俺たちは荷物を持ってぞろぞろと、水無月家の別荘へと移動することとなった。

ということでやたらと大きい、そして何が入っているか全くわからない怪しげな荷物を持って別荘へと移動していた俺たちだったが、途中で翔太が「じゃあ僕はここで失礼するよっ!!」と言って俺たちとは別方向へと歩いて行く。

「あ、あれ、翔太は別荘には行かないのか?」

そんな疑問に鈴音ちゃんが別荘のそばの小屋のような小さな建物を指さした。

「旧お兄ちゃんはあそこに行くみたいだよ」

「あそこは……なに?」

「あれは昔お祖父ちゃんが建てた精神統一用の茶室だよ。旧お兄ちゃんはあそこで明日まで自分を見つめ直すんだって……」

「そ、そうっすか……。それは翔太にぴったりの建物だな……」

翔太がいったいどこに向かっているのかは不明だが、まあ本人がそれでいいなら俺は何も言うまい。

翔太とお別れをして、俺と鈴音母と鈴音ちゃんの三人で別荘へと向かった。

別荘の中はなんというか、ザ別荘という感じだった。

扉を開くと吹き抜けの巨大なリビングが俺たちを出迎えてくれ、見たこともないような巨大なテレビと、これまた見たことのないような巨大なソファが鎮座していた。

そして、そんなリビングを囲むように二階部分には廊下がコの字に設置されており、壁沿いに各部屋のドアがずらりと並んでいる。

「す、凄（すご）い……」

と、一人呆気（あっけ）にとられていた俺だったが、水無月家にとっては見慣れた光景らしく、特にリアクションもなく荷物を持って二階へと上がっていく。ということで俺も鈴音ちゃんについて行くと、鈴音ちゃんがとある部屋の前で足を止めた。

「ここが鈴音とお兄ちゃんの寝室だよ」

なるほど……どうやら寝室は鈴音ちゃんと一緒らしい。

鈴音ちゃんに先導される形で部屋に入ると、そこには一〇畳ほどの空間が広がっていた。

そして、中央にはキングサイズのベッドが鎮座している。

なんというか水無月家の予想外の資産家ぶりに呆気にとられていると、彼女が俺の袖をぐいぐいと引っ張ってきた。

「お兄ちゃん、海を見ようよ」

そう言って彼女は窓の外を指さす。どうやら窓は二階のデッキに繋(つな)がっているようだ。

確かにあそこから見える景色は絶景に違いない。

彼女に連れられてやってきたデッキからの光景は俺の期待を裏切らなかった。

「お、おぉ……」

視界に広がる絶景に大人げもなく声を漏らしてしまう。

俺が眺めているのは二階からではあるが、この別荘は斜面に立っているのでかなり高い位置にあるのだ。

その結果、一面に広がる大海原はもちろんのこと、左右何キロも続いている砂浜やそこに植えられた無数のヤシの木などが一望できた。

傲慢な言い方ではあるけど、ここにいるとこれらの景色が全部自分だけのもののように思えて、なんとも言えない優越感を抱く。

そして、なにより頬を叩くこの潮風ですよ。

手すりに腕を置いて波の音をＢＧＭに水平線やそこに浮かぶ巨大タンカーを眺めている

と、時間が経つのも忘れてしまいそうだ。

　普段あまり海を見ることのない俺にとって、その広大な光景は開放感とともに地球が丸いことを実感させてくれる。

どれくらい海を眺めていただろうか、鈴音ちゃんに袖をくいくいと引かれて俺は我に返った。

振り返るとそこにはワンピース姿の鈴音ちゃんの姿。彼女の右手には深雪の制服の入った紙袋が握られている。

「お兄ちゃん、鈴音のことお着替えさせて……」

そ、そうだった。俺たちは別に別荘に遊びに来たわけではないのだ。

　現実に引き戻された。

これは背徳強化合宿である。俺たちには海を悠長に眺めているような暇などないのだ。

と、そこで鈴音ちゃんが耳元に唇を近づけてきた。

「お兄ちゃん、鈴音のこと、ここでお着替えさせてくれる？」

「え？　ここでとは、どういうことですか？」

「そのままの意味だよ」

「な、なるほど……」

ここでというのは、この開放的なデッキでということらしい……。

あたりを見回した。幸いというべきなのか、この別荘は斜面に立っているため、他の建物よりも視線が一段高いのだ。ヘリコプターでも使わない限り、こちらから外を見下ろすことはできても、外からこちらの様子を見ることはなかなか厳しそうである。

どうやら鈴音ちゃんはそのことも計算に入れてこんな提案をしてきているようだ。

だ、だけどお着替えって……。

「お兄ちゃん、どうしたの？　鈴音のことお着替えさせてくれないの？」

「い、いやだってそんなことしたら――」

「私のブラジャーもパンツもお兄ちゃんに見えちゃうね……」

「そういうことなんですよ……」

さすがに俺にとってそれはハードルが高かった。

「鈴音ちゃんは俺に下着が見えちゃってもいいの？」

鈴音ちゃんよ。それはさすがに体を張りすぎではないですかね？

そんな心配をして尋ねたのだが、そんな俺の言葉に鈴音ちゃんは「それって、鈴音に気を遣ってくれているの？」とよくわからないことを尋ね返してきた。

「え？　ま、まあ鈴音ちゃんだって、俺なんかに下着を見られるのは嫌でしょ？」

俺は多分、至極まっとうなことを言ったと自分で思った。

が、鈴音ちゃんはそんな俺の答えに「鈴音、がっかりだなぁ……」と囁いてため息を吐く。

「ど、どういうこと？」

「お兄ちゃん、そんなんじゃ背徳的な感情は養えないよ？」

どうやら鈴音ちゃんのお気に召す回答ではなかったようだ。

「お兄ちゃん、お兄ちゃんはここに背徳的な感情を養いに来たんだよね？」

「そうだけど……」

来たというか連れてこられたというか。

「お兄ちゃんの言葉は一見、鈴音のことを思って言っているように聞こえるけど、本当は違うよね？」

俺には鈴音ちゃんの言葉の意味があまり理解ができなかった。

そうじゃないのか？

俺は鈴音ちゃんにここまで体を張らせるのは気が引けるので大丈夫？　って聞いたのだ。

「俺は鈴音ちゃんが恥ずかしくないように――」

「違うよね？」

「え？　違うってどういう――」

「鈴音のおねだりに素直に手伝うって答えるのが恥ずかしいから、体よく私に気を遣うような言い方で決断から逃げようとしているだけだよね？」

「なっ…………」

鈴音ちゃんの確信を突く言葉に思わず絶句してしまう。

た、確かにそうかもしれない……。

鈴音ちゃんは、お兄ちゃんの口からお着替えさせたいって聞くまでは、お兄ちゃんにお着替えさせないよ。それともお兄ちゃんは本当にお着替えさせたくないの？」

「…………」

「私は、お兄ちゃんは、そんな俺の心の内を見事に見破ってきた。

あーやばい……ものすごい勢いで詰められている……。

将棋の初手で王手を取られたような感覚だ。

鈴音ちゃんは完全に俺の心も弱点も見透かしている。そんな俺にできる選択は鈴音ちゃんをお着替えさせたいか、お着替えさせたくないかだけである。

変態論破をされた俺は、しばらく言葉を失っていたが……決断する。

「す、鈴音……」

「お兄ちゃん、な〜に？」

「俺、鈴音のことお着替えさせたい……」

結局、俺は羞恥に塗（まみ）れたお願いを口にさせられる。

そんな俺の言葉に、鈴音ちゃんは耳元から口を離すと、俺のことを見上げてきた。彼女は何やら不敵な笑みを浮かべている。

「へぇ～、お兄ちゃんは血の繋がった鈴音のお着替えを手伝いたいんだ……」

「え？　いや、それは……」

「昔と違ってお互いに大人の体に成長しているんだよ？　いくら兄妹でも高校生にもなってそんなことするのおかしいよね……」

あ、なんかよくわからないけど、すげえ煽られてる……。

どうやら鈴音ちゃんはお着替えの前段階で、すでに俺に背徳感を抱かせようとしてくれているようだ。

「も、もしかしてお兄ちゃんって、実の妹のことを性的な目で見ているの？」

「…………」

「どうして否定しないの？　普通は妹のこと性的な目で見たりしちゃいけないよね？　それなのにお兄ちゃんは私のことえっちな目で見ているの？」

あーすっごい背徳感……。

これは鈴音母の言っていた一つ目の背徳感。

好きになってはいけない相手を好きになることだ。

俺と鈴音ちゃんは今は血の繋がった兄妹だ。そんな鈴音ちゃんのことを性的な目で見ることは倫理的にあってはならないこと。

その現実を突きつけることで鈴音ちゃんは今、俺に背徳感を抱かせてくれている。

「お兄ちゃん、どうして鈴音のことお着替えさせたいの？　それって妹を思う親切心じゃないよね？」

つまり、俺の口から、自分が何を、何故したいのか、説明しろということらしい。

どうやら背徳強化合宿は俺が思っていた以上にハードモードのようだ。

鈴音ちゃんがなにやら心配げに俺を見つめた。

「先輩、ここが踏ん張りどころです。自分の殻を破ってワンランク上のプロットを作りましょう……」

鈴音ちゃんは俺のプロットを最高なものに仕上げるために必死である。

竜太郎よ。彼女だけに頑張らせていいのか？

違うよな？　小説を書くのは俺なのだ。だったら、俺だって問題に真正面から向き合わなければならないのだ。

俺は深呼吸をした。

すると、鈴音ちゃんは再び小悪魔モードの不敵な笑みを浮かべる。

「お兄ちゃん、鈴音はお兄ちゃんの口から聞きたいな？　お兄ちゃんはどうして血の繋がった鈴音のことお着替えさせたいの？」

「そ、それは……」

は、恥ずかしい……。

が、鈴音ちゃんはちゃんと俺が自分の口で説明することを待ってくれている。

やるしかない。

「そ、それは鈴音のことお着替えさせて…………その……鈴音の体をえっちな目で見たいからだよ……」

ぬおおおおおおおおおおおおっ!!

その場でのたうち回るくらいに恥ずかしい。

だが、これこそが小説を最高傑作にするために乗り越えなければならない壁なのだ。

泣きそうな目で鈴音ちゃんを見つめた。

鈴音ちゃんはしばらく黙り込んでいたが、不意にまた俺の耳元に唇を寄せる。

「へぇ……お兄ちゃんって実の妹のことをえっちな目で見たいんだ。お兄ちゃんってどうしようもない変態だったんだね」

そして、このご褒美である。

ありがとうございます。が、鈴音ちゃんからのご褒美は終わらない。

「お兄ちゃん。お兄ちゃんと私は血の繋がった兄妹だよ。小さい頃はおままごとをしたり、一緒にお風呂で洗いっこしたよね？　そのとき鈴音はお兄ちゃんのこと、純真無垢(じゅんしんむく)な瞳で見ていたよ。だってお兄ちゃんが、私のことを性的な目で見るなんてこれっぽっちも思っていなかったから」

ありもしない過去の話をして鈴音ちゃんは、さらに俺の背徳感を煽ってくる。

「だから、お兄ちゃんからお着替えさせたいって言われた私は『どうしてそんなこと言うんだろう?』って不思議に思うけど、それでも『お兄ちゃんが私のことそんな目で見るはずない』『お兄ちゃんは優しくて信用できる人』って思いながら、その変なお願いを承諾するね」

煽ってくる煽ってくる。

鈴音ちゃんはこれでもかってほどに俺のことを煽り倒してくる。

「お兄ちゃんのことが兄として大好きな鈴音の気持ち、いっぱいいっぱい裏切ってね」

「…………はい……」

ということで俺はただ単純に兄を想う可愛い妹のお着替えをさせてあげることになった。

そして、鈴音ちゃんは兄を信頼してやまない純真無垢な妹に変貌する。

彼女は恥ずかしそうに胸元に手を当てて、上目遣いで俺を見つめてきた。

「お、お兄ちゃん……。お兄ちゃんはただ鈴音のことをお着替えさせてあげたいだけなんだよね?」

その一言で俺は理解する。

どうやら、俺は表面上はただの優しい兄を演じることを求められているのだ。お互いに

欲望を隠して、表面上はただ仲の良い兄妹を装う。それなのに、俺の心は可愛い妹を汚したいという汚い感情に塗れている。

これこそが背徳的な感情をさらに引き上げるスパイスである。

いや、何言ってんだ俺……。

「も、もちろんだよ。俺は単純に親切心で鈴音のことをお着替えさせてあげたいだけだから」

単純な親切心で妹を着替えさせたい兄とは何者だろう。

ふと、我に返りそうなのを、首を横に振って慌てて誤魔化す。

そんな俺の心の葛藤をねぎらうように鈴音ちゃんが、一度俺の手をぎゅっと握りしめてくれた。

鈴音ちゃんの手があったかい。

が、すぐに彼女は俺から手を離すと再びか弱い妹モードに戻る。

「お兄ちゃん、じゃあ鈴音のことお着替えさせて……」

ということなので鈴音ちゃんに歩み寄る。

が、そこで俺は思った。ワンピースってどうやって脱がせればいいんだ？

当たり前だが俺はワンピースを着たことがない。だから構造上、ワンピースをどうやって身につけたり、脱いだりするのかわからなかった。

だから、とりあえず鈴音ちゃんのワンピースを観察して、側面や背中にファスナーがあるかを確認する。

が、なかった。

「あ、あれっ⁉」

と女の子の服の構造がわからないという童貞らしさを鈴音ちゃんに曝け出していると、彼女は「こ、ここ……」と自分の肩を指さした。

「な、なるほど……」

そこで俺は彼女のワンピースが少々特殊な構造であることに気づいた。

彼女の肩から腕にかけて紐がいくつか付いているようだ。それらの紐はまるで紐靴のように二つの生地をくっつけている。が、蝶々結びされたそれらの紐は元々そういう構造なのか結びが緩く、二つの生地の間には隙間があって彼女の素肌がわずかに顔を覗かせている。

どうやらこの紐を解けば、服はストンと足下に落ちるのだろう。

ということでさっそく彼女の紐に手を伸ばすが「先輩」と鈴音ちゃんのカットが入った。

「ど、どうしたの？」

「先輩ほどの官能小説家さんが、ただ手でリボンを解くなんてことはしないですよね？」

「え？　そ、それ以外に方法あるの？」

その率直な質問に鈴音ちゃんは「さ、さあ……それは先輩が考えてください」と言いながらも、何やら恋しそうに人差し指で自分の下唇を撫でた。

「な、なるほど……」

限りなく答えに近いヒントを受け取り、俺は今度は自分の顔を鈴音ちゃんの肩へと近づけていく。

そこで俺は気がついた。

なんだか鈴音ちゃんから甘い香りがする……。

もちろん鈴音ちゃんの体からはボディソープなのかシャンプーなのか、いつだって良い香りがする。

だけど、今日の匂いは少し性質が違っていた。

なんと表現すればいいのかは難しいが、淡くて大人っぽいフェロモンのような匂いがする。

思わず顔を上げると鈴音ちゃんは少し恥ずかしそうに顔を背けた。

「お兄ちゃん、実は私、好きな人がいるんだ……」

「す、好きな人？」

「だ、大好きなお兄ちゃんだけには話すね……。実は私、同じクラスの男の子のことが好きなの。それでこれから私、その人とデートに行くんだ……」

「な、なるほど……」

「お、お兄ちゃんなら応援してくれるよね？　私とその好きな人の恋愛が上手くいくって応援してくれるよね？」

「…………」

なるほど……理解した。

どうやらこれもまた鈴音ちゃんが大好きな兄を信用していることを補完しているのだ。自分のことを妹として愛してくれている兄であれば、好きな人を打ち明けても応援してくれるはずだ。

自分の恋路を応援してくれると信じてやまない妹を裏切る。

おーなんかさらに背徳感が強くなった……。

鈴音ちゃんにぞくぞくさせられながら、改めてワンピースの紐へと唇を伸ばした。そして、蝶々結びされた紐の端っこを咥えると、ゆっくりと紐を引っ張る。

「ん、んんっ……」

鈴音ちゃんは吐息とともに体を縮こめた。右肩の一番外側のリボンが解けたことによって、くっついていた二つの生地がわずかに解放され、ぺろんと生地が少し捲れる。

ぬおっ⁉

その結果、鈴音ちゃんの腕がさらに露出した。

「お兄ちゃん……恥ずかしい……」

「だ、大丈夫だよ……兄妹なんだから見られても恥ずかしくないだろ？」

まさか自分でこの魔法の言葉を使う日が来ると思わなかった。

「そ、そうだよね……。別にえっちな目で見てるわけじゃないよね？」

「そ、そうだな……」

「じゃあ恥ずかしがったりなんてしちゃ、駄目だよね……」

「そ、そうだぞ」

あー罪深い……。

可愛い妹鈴音がこんなにも俺のことを信用してくれている。

それなのに……それなのに俺というやつはなんて目で鈴音のことを見ているんだ……。

だが、そんな妹の気持ちを踏みにじるのが今回俺に課せられたミッションである。

心を鬼にして変態お兄ちゃんになり再び紐を解いていく。

紐を解けば解くほど、ワンピースの生地は重力に従って捲れていった。捲れれば捲れるほど露出する鈴音ちゃんの素肌。

気がつくと彼女のワンピースの紐は両サイドの肩口のリボンを一つずつ残すだけとなっていた。

逸る気持ちを抑えながら、まずは左肩のリボンへと唇を伸ばす。

そして、ゆっくりと紐を引っ張ると、紐は解け彼女のワンピースが大きく斜めに捲れた。

「ぬおっ⁉」

その結果、鈴音ちゃんの左側のお胸の部分が露出することになる。

俺の目に映ったのは鈴音ちゃんのすべすべの素肌と胸を覆うハイビスカス。

ハイビスカスっ⁉

その予想外の光景に俺は目を丸くするが、すぐにそのハイビスカスの正体に気がついた。

み、水着だ……。

どうやら彼女はワンピースの下にビキニ水着を着けていたようだ。そのことに気がついた俺はもう片方の紐にも素早く口を伸ばして解くと、ストンと重力に従ってワンピースが鈴音ちゃんの足下へと落下した。

その結果、俺の眼前にはビキニ姿の鈴音ちゃんが姿を現す。

「お、お兄ちゃん……どうかな？」

「え？　あ、あぁ……すげえ似合ってる……」

なんというか思っていた光景とは違ったが、これはこれでとても良い。

そんな鈴音ちゃんを見た俺は、彼女は顔だけではなく全身くまなく美少女であることを思い知らされた。

太陽の光をわずかに反射させるつややかな鎖骨に、真っ赤なハイビスカスを咲かせる胸元にはくっきりと谷間ができている。

括れた腰と可愛いおへそ、さらにはすらっと長い脚にいたるまで全て美少女だった。

目の前のグラビアの表紙のような光景を眺めていると、鈴音ちゃんは俺の腕にしがみついてきた。

あーお胸が凄い……いつも以上に胸が近くに感じられる。

卒倒しそうになっている俺にしがみつきながら、彼女は俺を見上げた。

「お兄ちゃん、この合宿でお兄ちゃんが頑張れたら、一緒に海で遊ぼうね？」

頑張りますっ!!

鈴音ちゃんのビキニ姿を目に焼き付けた俺は、お馬さんよろしく目の前にぶら下げられた人参めがけて突っ走ろうと心に誓った。

「お兄ちゃん、鈴音のセーラー服どうかな？」

それから五分ほどかけて俺は鈴音ちゃんにセーラー服を着用させることに成功した。

なんというか思っていた以上に大変でした……。

毎日のように深雪のセーラー服姿を拝んでいる俺ではあるが、スカート一つとってもファスナーの位置やベルトの留め方がわからず四苦八苦した。

その間も鈴音ちゃんの口撃は止まない。

「お兄ちゃん、兄妹でこんなことやっぱり変だよ……」

「わ、私、お兄ちゃんのこと信じてるよ……」

「や、やだ……そこは敏感なの……」

などなど、余すことなく俺は背徳感に満たされることになった。

が、その苦労の結果、召喚することに成功したセーラー服の鈴音ちゃん（ＳＳＲ）である。

　さっきのビキニ姿も良かったが、これはこれで風情があって良い。

紺色の襟を残した純白の半袖のセーラーは、鈴音ちゃんの心にあるはずのない清楚さを演出しており、しっかりとハルカちゃん丈に調節された紺色のスカートからは艶やかな太腿が伸びている。

　が、それ以上に俺を驚かせたことがあった。

「お兄ちゃん、ちょっと待っててね」

　着替えを終えた鈴音ちゃんは俺にそう言うと、サイドテールの髪を下ろしてヘアゴムを唇に咥えた。彼女はあらかじめ腕に巻かれていたもう一つのヘアゴムを手に取ると、髪を後ろで丁寧に二つに纏めていく。

　そして、気がつくと鈴音ちゃんはおさげになっていた。

「少しはハルカちゃんみたいになれたかな……」

「いや、むしろハルカちゃんよりもハルカちゃんだよ」

自分でも何を言っているかわからないが、とにかく鈴音ちゃんは、まるで小説から飛び出してきたのかと心配になるほどにハルカちゃん然としていた。

ただのおさげであればここまで感動しなかったかもしれないが、鈴音ちゃんはさすがは一番の読者だ。

ふんわりとしたおさげ髪は後方ではなく、肩より前に垂れるように調整されている。

原作通りじゃん……。

実写映画が原作ファンから酷評されることは多いが、鈴音ちゃんに関しては原作の良い部分をさらに洗練させて俺に一二〇点の回答を提示してくれた。

鈴音ちゃんはできる子。

一人、感動していると、彼女は俺の手を取った。

「お兄ちゃん、部屋に戻ろう?」

ということだそうなので、俺は鈴音ちゃんに手を引かれながら部屋に戻った。

部屋に戻ったところで鈴音ちゃんが手を離したので、俺はとりあえずベッドに腰を下ろす。

うむ、ふかふかだ。

なんて高級ベッドの座り心地に感動していると、足下で鈴音ちゃんが謎の大きな鞄(かばん)をまさぐり始める。

「鈴音ちゃん？」

「あ、ちょっと待っててね……」

そう答えると、鈴音ちゃんは鞄から箱のような物を取り出すと部屋から出て行ってしまった。

が、すぐに部屋がノックされる。

「お、お兄ちゃん……入ってもいい？」

ドアの外から可愛い声が聞こえてくる。

そんな鈴音ちゃんの言葉でまた何かが始まったことを理解した。

「うん、いいよ」

そう答えてあげると、ドアがゆっくりと開かれた。

相変わらずセーラー服姿の鈴音ちゃんが部屋に入ってくる。

その姿からは兄の部屋に入ることに対する緊張感のようなものがあり、彼女の役の作り込みに感心した。

彼女はそわそわした様子で部屋をきょろきょろと見回すと、「お、お兄ちゃん……」と俺を呼んだ。

「ど、どうしたんだ？　鈴音」

「あ、あのね……久々にお兄ちゃんと一緒に遊びたいなって思って……」

「遊びたい？」

なにその可愛い提案。

そんな彼女の胸にはさっき彼女自身が持ちだした箱が抱えられている。その箱はピザの箱のように薄っぺらい。

「鈴音……その箱なに？」

「このゲーム、昔お兄ちゃんと一緒にやったよね？」

「ゲーム？」

鈴音ちゃんは俺のもとへやってきて、箱を差し出した。

俺はそのゲームが何なのかを理解する。

「ツイスターゲーム？」

「そうだよ。押し入れの奥にしまってあったのをさっき偶然見つけたの。そしたら急に懐かしくなってきてお兄ちゃんとまた一緒に遊びたいなって」

健気（けなげ）さを見事に演出する鈴音ちゃんの言葉に、思わずあるはずもない記憶の扉が開きそうになる。

それにしてもツイスターか……。

俺の記憶が正しければ、このゲームはルーレットを回して、針の指した色に指定された体の部位をマットの同じ色のマスに触れさせるゲームだ。そして、先に尻もちをついたほうが負け。

なんというか鈴音ちゃんらしいチョイスである。

このゲームはもちろんゲームとしても楽しいが、それ以上の楽しみ方ができるゲームだ。

例えば女の子とプレイした場合、ルーレットの指す場所によってはとんでもなく無理な体勢になってしまう。

場合によっては相手と密着することになったり、相手がスカートを穿いていたりしたら、中が見えてしまいそうになったりする。

どちらかというと、このゲームはそっち方面を期待してプレイする人が多い気がする。

「お兄ちゃん、私としよ？」

鈴音ちゃんが何やら誤解を生みそうな尋ね方をしてくる。

そんな風におねだりするように言われて断れる男なんていない。

「いいよ」

俺も例に漏れず断ることなどできるはずもなく二つ返事で答えると「じゃあ準備するね」と、鈴音ちゃんは嬉しそうに箱からマットを取り出して床に広げ始めた。

そんなルンルン気分の鈴音ちゃんを眺めながら俺はふと思う。

なんだか普通だな……。

いや、男女二人でツイスターをやるのは、普通の倫理観で考えればかなり破廉恥だとは思うけど、残念ながら鈴音ちゃんに普通の倫理観なんて通用しない。

なにせ、目の前の少女は変態糸電話や変態学習法など、俺の度肝を抜くような色んな変態行為を編み出してきた変態錬金術師である。

そんな彼女が普通にツイスターをしようなんて提案を俺にしてくるだろうか……。

一縷の不安を抱きながら鈴音ちゃんを眺めていると、彼女は「準備できたよ」と微笑んだ。

「じゃあお兄ちゃんが先にルーレットを回してね」

俺に針の付いたルーレットボードを渡してきた。

ルーレットには当たり前だが色と体の部位が記されている。

ま、まあとりあえずやってみるか……。

ということでさっそくルーレットを回してみる。

針はくるくると勢いよくルーレットの上で回り、徐々に勢いを落として『黄色右手』のマスの上で止まった。

鈴音ちゃんはルーレットを確認すると、マットの上に俺に背中を向けるように立つ。

なぜ背中を向ける？

彼女は俺に背中を向けたまま、そのまま前屈するように床へと手を伸ばして黄色いマスに右手を触れた……のだが。

「す、鈴音ちゃんっ⁉」

俺はそこで彼女が俺に背中を向けた理由を理解した。

なんてことだ……なんてことだ……。

俺の目の前には絶景が広がった。

さっきも言った通り、鈴音ちゃんは前屈するように黄色いマスに触れた。

そして、彼女は俺に背中を向けている。

その結果、彼女が前屈することによって、ハルカちゃん丈のスカートが持ち上げられ、俺の眼前に鈴音ちゃんの内腿（うちもも）が大きく露出してしまっている。

彼女がスカートのお尻のあたりを手で押さえていることによって、最終防衛ラインはしっかり守られているが、それがまた良い。

わずかに開いた両足の間から彼女が顔を覗かせていた。

逆さまの顔にはしっかりと恥じらいが残っており、それがさらに俺の興奮を加速させる。

「す、鈴音……これすごい……」

「お兄ちゃん……この姿勢恥ずかしい……」

「でもこれ凄いよ……」

変態茶番劇を繰り広げていた俺たちだったが、ゲームを先に進めなければならない。

というわけで、今度は俺の番である。

鈴音ちゃんの代わりに自分でルーレットを回そうと針に手で触れたのだが……。

ん？　ちょっと待てよ……。

「ねえねえ鈴音」

「な～に？」

「これ、ゲームが進んだら誰がルーレットを回すの？」

俺は問題点に気がついた。

今はまだゲームが始まったばかりだから、鈴音ちゃんのルーレットを俺が回してあげられたが、ゲームが進むと俺も鈴音ちゃんも手が塞がってしまう。

その時にいったい誰がルーレットを回せばいいのだろう？

その根本的な問題点に鈴音ちゃんは笑顔を崩さない。

「私たちのは水無月家のローカルルールだから大丈夫だよ？」

「ろ、ローカルルールって……なに？」

何その不穏なワード……。

すごく嫌な予感しかしないけど……。

「最初はお兄ちゃんが私のルーレットを回し続けるんだよ。それでね、私の両手と両足が塞がったところで今度はお兄ちゃん用の特別ルーレットを回してもらうよ？」

鈴音ちゃん……ちょっとローカルが過ぎやしないかい？

が、そんな俺の不安もどこ吹く風で、鈴音ちゃんは「とりあえず続けていればわかるよ」と俺にルーレットを回すよう促してきた。

とりあえず鈴音ちゃんの言葉を信じてゲームを再開することにする。

再びルーレットを回す。

立て続けにルーレットを回すと、彼女は足や手を器用に動かして、少々無理な体勢になりながらもマスに触れていった。

七回ほどルーレットを回したところで、気がつくと鈴音ちゃんは俺に対して正面を向いていた……のだが。

「鈴音ちゃん……すごい……」

彼女はとんでもない姿勢になっていた。

鈴音ちゃんはマットの上で足をMの形にしてしゃがみ込んでいた。

彼女は体勢が厳しいのかつらそうな表情だが、パンツを見られないように右手をスカートを抑えるように緑のマスに触れさせている。

まあ中は水着なんだけどね……。

「お兄ちゃん……恥ずかしいから、そんなにじろじろ見ないで……」

「え？　ご、ごめん……」

と、顔を背けると「や、やっぱり見て……」と言われて再び鈴音ちゃんへと顔を向けた。そして、

「じゃあ次はお兄ちゃんの番だよ。お兄ちゃん用のルーレットを回してね」

ようやく俺のターンが回ってきたらしい。

そう言って鈴音ちゃんはツイスターゲームの箱へと視線を向けた。

どうやら俺用のルーレットはこの箱に入っているようだ。

足元に転がっていた箱を開けると鈴音ちゃんの言う通り、中にはルーレットのような物が入っていた。

箱からルーレットを取り出してみた俺だが、なんだかおかしい。

「鈴音……このルーレット、何も書かれていないけど……」

そのルーレットは白紙だった。針はついているのだけれども、針がどこを指したとしてもそこには何も書かれていない。

「お兄ちゃん、よく見て」

鈴音ちゃんのそんな言葉にボードをよく見てみると、気がついた。

何も書かれていないと思われた真っ白のルーレットには、真っ白いマスキングテープのような物が貼られている。

「ルーレットの結果は回してからのお楽しみだよ？」

「怖いね……」

「きゅんきゅんするよね？」

「………」

　ということらしい。

　さて、このテープに隠された部分にはいったい何があるのだろうか。

　心の底から不安に思いながらもルーレットを回す。

　ルーレットはしばらく勢いよく回って、止まった。

「じゃあ捲ってみて？」

　鈴音ちゃんに針の指した部分のテープを捲るよう促されたので捲ってみる。

『鈴音をうちわで扇（あお）ぐ』

　そう書かれていた。

「な、なにこれ……」

「そのままの意味だよ。うちわは箱の中に入っているからそれを使ってね」

「なるほど……」

　その不可解な指令に首を傾げつつも箱を再び覗くと、そこには確かにうちわが入っていた。

　うむ……大きい。

直径五〇センチほどはありそうな大きなうちわだった。とりあえずこのうちわで鈴音ちゃんを扇げばいいらしい。

ということでさっそく扇いでみると、俺はこの指令の意図を理解した。

「す、鈴音……これはっ⁉」

「お、お兄ちゃんっ、スカートがっ⁉」

当然ながらうちわが大きいとそれだけ風も強くなる。うちわで扇ぐと鈴音ちゃんのスカートに風が供給されて裾をひらひらと揺らした。

が、そこは鈴音ちゃん。

「や、やだ……」

と言いつつもスカートを必死に手で押さえている。

なにこの変態めんこ……。

鈴音ちゃんは突然の突風に襲われて頬を真っ赤にしながらスカートを押さえる。

彼女は今にも泣き出しそうな顔で俺を見つめると「お兄ちゃん……なんでそんな意地悪するの？」と背徳感を煽ってきた。

「お兄ちゃん……やめて……」

「ごめん」

手を止める。

「や、やめないで……」

「はい……」

ということで扇ぐのを再開すると鈴音ちゃんは「やだっ……お兄ちゃん恥ずかしい……」と建前上の嫌がっている意思表示を再開した。

そんな鈴音ちゃんを扇ぎながら俺はふと思う。

鈴音ちゃん……このゲームどうやったら勝敗がつくの？

一瞬、そんな根本的な疑問が頭に浮かんだが、すぐに考えても無駄だと気づいて無心に鈴音ちゃんを扇いだ。

しばらくの間、鈴音ちゃんのスカートを捲りあげようと必死に扇ぎまくったが、鈴音ちゃんのスカートは鉄壁で結局、水着を拝む前に俺の腕が疲れてしまった。

「はぁ……はぁ……鈴音……腕が……」

手からうちわを落としてパンパンになった腕を押さえていると鈴音ちゃんは「私のパンツが見れなかったので、私に一ポイント入るよ」と勝利宣言をした。

どうやらポイント制だったらしい。

第一回戦は俺の敗北に終わった。

鈴音ちゃんから「じゃあ、またお兄ちゃんのルーレットを回してね」と言われたのでルーレットを回す。

次に針が指した文字を捲ると、そこにはこう書かれていた。

『鈴音のストッキングを破る』

なにこれ……。

その指令の真意を確かめるべく鈴音ちゃんを見やると、鈴音ちゃんは恥ずかしそうに顔を背けて「そのままの意味だよ……」と答える。

どうやらそのままの意味らしい。

「ストッキング？」

俺が見る限り、鈴音ちゃんの脚はストッキングのような物で覆われてはいなかった。

すると鈴音ちゃんは「脚に触ってみて」と挑発的なことを言う。

「だ、だけど……いいの？」

「きょ、兄妹なんだから恥ずかしくないよね……」

ホント便利な言葉……。

頬っぺたを真っ赤にしてそんなこと言われても全く説得力がないが、触りたくないかと聞かれたらそんなことはない。

俺は鈴音ちゃんの足元へと移動すると、恐る恐る指先を鈴音ちゃんのふくらはぎに伸ばしてみた。

指先に感じるざらざらとした感触。

人差し指と親指で鈴音ちゃんの皮膚を摘んでみようとすると、薄いストッキングの生地を摘んでしまった。

なるほど……。

「お兄ちゃん……破って……」

鈴音ちゃんがご所望なので、さっそくストッキングを破ることにした。

「失礼します……」

と一応断りを入れてストッキングを両手で摘むと、おもむろにそれを左右に開くように引っ張った。

ビリビリという音とともに薄いストッキングの間から、鈴音ちゃんの素肌が現れる。

「んんっ……お兄ちゃん……どうして……」

そんな俺を、まるで兄に裏切られた妹のように、うるうるした瞳で見つめてくる鈴音ちゃん。

「お、お兄ちゃんのために破れやすいストッキングにしたよ……」

どうやら鈴音ちゃんは破る側への配慮もできる女の子らしい。

何はともあれ、無事ストッキングを破ることに成功した。

「じゃ、じゃあ今度は俺に一ポイント入るってことでいいのかな？」

確認を取るために尋ねると、鈴音ちゃんはなぜか俺から顔を背けて首を横に振った。

「え？　違うの？」

首を傾げると、鈴音ちゃんは当たり前のようにマットに腰を下ろした。

あ、ちなみに普通のツイスターはこの時点で鈴音ちゃんの負けである。

鈴音ちゃん……ゲーム性は……。

が、このツイスターはローカルルールだから問題ないらしい。

彼女は当たり前のようにマットに尻もちをつくと、体育座りになった。

そして、あくまで俺にパンツが見えないようにスカートを押さえながら俺に内腿を見せつけるようにスカートを捲った。

なんだろう、嫌な予感がする。

鈴音ちゃんは「お、お兄ちゃん……」と呟くと自分の内腿を指さした。

「鈴音……どうしたのかな？」

「ここも……」

「ここってどこかな？」

「ここ……」

と、例のごとく内腿を指先でぷにぷにさせた。

やっぱり内腿だったらしい。

「ここのストッキングを破れれば、お兄ちゃんに一〇〇ポイント入るよ」

鈴音ちゃん……ゲーム性……。

が、ここはチャンスでもある。

果たしてこのゲームに勝利して得るものはあるのかと聞かれたらなんとも返せないけど、とにかくチャンスなのだ。

鈴音ちゃんよ……破れやすいストッキングとは敵に塩を送ったな。

あとは勇気だけだ。

「じゃあいくよ？」

確認を取ると鈴音ちゃんはコクリと頷いた。

ということで、俺は鈴音ちゃんの内腿へとゆっくりと手を伸ばす。

指先にはざらざらとした感触と、その奥に感じる鈴音ちゃんの体温。

「んんっ……お兄ちゃん、くすぐったい……」

「ごめんよ鈴音。少しの我慢だから」

「わかったよ。鈴音、お兄ちゃんのために我慢する……」

ストッキングを二本の指で丁寧に摘み上げると、さっそく鈴音ちゃんの内腿部分のストッキングを破ることにした……のだが。

「あ、あれ……」

ストッキングを破ろうとしたその手に何かがしたたり落ちた。

指先に付着した透明な液体に視線を向けた瞬間、俺の指からストッキングがすり抜ける。

「な、なにこれっ⁉」

摑めないっ‼　鈴音ちゃんのストッキングが摑めないよっ‼

顔を上げると、彼女の右手には何やらはちみつでも入れるような透明なボトルが握られている。

「鈴音ちゃん……なにそれ……」

「ぬるぬるするやつだよ」

「ぬるぬるするやつっ⁉」

どうやら俺は鈴音ちゃんによってぬるぬるするやつを手に垂らされたらしい。

そのぬるぬるするやつのせいで、ストッキングを摑もうとしてもすぐに指先からストッキングがすり抜けてしまう。

なんてこった……。

突然の奇襲攻撃である。

困惑しながら必死にストッキングを摑もうとしていると、鈴音ちゃんが俺の耳元に唇を寄せた。

「お兄ちゃんが負けたら、お兄ちゃんが私をモデルに官能小説を書いていること、深雪ちゃんに話すよ……」

地獄だ……それはぬるぬる地獄だ。

ただ鈴音ちゃんのストッキングを破るだけ。

たったそれだけのことが急に最高難易度のミッションへと変貌した。しかも、失敗したら人生が終わるリスクつきである。

俺は必死になって鈴音ちゃんの内腿に摑みかかる。が、鈴音ちゃんの持つボトルから放たれるぬるぬるは尽きることを知らず、とてもじゃないが摑むことはできない。

それどころかマットにぬるぬるの水たまりを作り始めている。

正攻法で行ったら負ける。

頭を使うんだ竜太郎。こんなくだらないことのために、自分の頭をフル回転させるんだ。

俺は一度、ストッキングから手を離すと瞳を閉じた。そんな俺に鈴音ちゃんが「お兄ちゃん？」と声を掛けてくる。

が、今は返事をしている余裕はない。

考えて考えて考え抜く……。その結果、俺は一つの答えを手に入れた。

「これだっ!!」

目を見開いた。

俺は一度内腿から、初めにストッキングを破ったふくらはぎへと目を向ける。

「お兄ちゃん……そっちじゃないよ？」

と相変わらず首を傾げる鈴音ちゃんを置いて、俺はふくらはぎへと手を伸ばす。

指先で鈴音ちゃんのふくらはぎを撫でまわすと、さっき俺が空けたストッキングの穴を見つけた。

ここだ。

俺はマットのぬるぬる水たまりに触れると、あえて自分の指先をぬるぬるにさせる。

「お兄ちゃん、何してるの？」

「鈴音ごめん」

「え？　うわっ⁉　ちょ、ちょっとお兄ちゃんっ⁉」

俺はストッキングの穴へと手を入れた。潤滑油を手に入れた俺の手をするすると鈴音ちゃんの素肌とストッキングの隙間に滑り込ませる。

これこそ俺が思いついた奇策である。

手にぬるぬるのやつが絡みついている以上、新たにストッキングを破るのは不可能だ。

だが、すでに開いた穴からストッキングの内側に侵入することは可能である。

侵入した穴から彼女の内腿目がけて腕を侵攻させていき、内腿の内側からストッキングを打ち破るっ‼

「ちょ、ちょっと先輩、くすぐったいですっ‼　や、やだ……」

この奇策に鈴音ちゃんは自分が妹役を演じていることも忘れて、恥ずかしそうに俺の手を押さえようとした。

が、ぬるぬるになった俺の腕を止めることができず、そのまま腕は内腿へと到達した。

そして。

ビリビリ。

そんな音が部屋に響き渡った。

俺の手は内側からストッキングを突き破り、鈴音ちゃんのストッキングに新たなトンネルを開通させた。

「せ、先輩……はぁ……はぁ……」

鈴音ちゃんはスカートを必死に押さえて、ストッキングを突き破った俺の手を見つめていた。

「わ、私の負けです……」

勝った……。

俺はツイスターゲームに勝利した。


なんだろう……この背徳強化合宿に参加して、まだ少ししか時間が経っていないのに、俺の体は悲鳴を上げている。

プロットに必要な背徳感と引き換えに、俺の体力と精神力はすでに限界に近づいているという自覚がある。

これならば隣の小屋に行って翔太と二人で写経をしているほうが楽なんじゃないか？

いや、それはそれでやばそうだな……。

ということで俺に逃げ場なんてなかった。

変態ツイスターゲームが終わり、数分間放心状態になっていた俺は、不意に自分の喉がカラカラになっていることに気がついた。

「鈴音……」

ということでマットの上で同じく放心状態の鈴音ちゃんに声をかける。

「なに？」

「ちょっと喉が渇いたんだけど、この辺に自販機とかあるかな？」

「リビングに行けばジュースがあるよ。多分、ママがいると思うからママに聞いてね」

ということなので、俺は鈴音ちゃんを置いて変態部屋をあとにした。

鈴音ちゃんの言うとおり廊下に出るとスーツ姿の鈴音母がソファに座っているのが、吹き抜け越しに見えたので一階へと下りる。

「あら、こののんくんじゃない？　甘えに来たの？」

「いえ、違います」

一階に下りた俺はソファに座る鈴音母に声をかけたのだが、なにやら巨大テレビに何かが映っていることに気がついた。

そして、その映っているものを見た俺の顔から血の気がすっと引いていく。

「あ、あの……お母さま？」

「こののんくん、ママでしょ？」

「すみません……ママ……そこに映っているのはなんですか？」

「何って見ての通りだけど？」

巨大テレビに映っていたもの……それは俺と鈴音ちゃんだった。

画面に映った俺は無理な体勢でしゃがみ込む鈴音ちゃんのスカートを大きなうちわで扇いでいた。

間違いない……さっきの映像だ。

いや、なんで……。

「ま、ママ……」

「このの んくん、なに？」

「なんで俺と鈴音ちゃんの映像がそこに映し出されているんですか？」

「なんでって撮影していたからよ？」

「いや、なんで……」

どうやら俺と鈴音ちゃんは盗撮されていたようだ。どこからどんなカメラで盗撮していたのかはわからないが、画面には鮮明でかなり高い解像度の俺と鈴音ちゃんが映し出されている。

そして、思う。

自分で思っている以上に、鈴音ちゃんのスカートを扇いでいる俺の表情が喜びに満ちていることに。

あー死にたい。

陰キャ高校生が鼻息を荒くしながら後輩のスカートを扇ぐ姿を眺めながら、俺は心からそう思った。

と、そこで俺はソファに座る鈴音母がスケッチブックのような物を膝の上に置いていることに気がつく。

「なにやってるんですか？」

「なにって、鈴音ちゃんとこののんくんのこと描いているのよ」

いや、なんで……。

全くわけのわからない展開に困惑しつつも、スケッチブックを眺めた俺は度肝を抜かれた。

「え？　なんか上手くないですか？」

「そうかしら？　私なんてまだまだだよ」

俺からの褒め言葉に、鈴音母は少し照れたように笑みを浮かべる。

可愛い。

が、今は彼女の可愛さに見とれている場合ではない。

なんというか鈴音母のイラストの上手さは常軌を逸していた。スケッチブックに描かれていたのは、ちょっと絵が上手い素人の域を優に超えている。

そこに描かれていたのは、俺と鈴音ちゃんがさっき変態部屋で繰り広げたことを、よりスリリングに、そしてエロチックに描写した絵画だった。

「いや、その絵の上手さでまだまだと言うのは、謙遜が過ぎるのではないでしょうか？」

もはやプロの腕前である。

その予想外な鈴音母の画力に呆気にとられていると、彼女は「こののんくんったら、褒めても何も出ないわよ」と頬を赤くしてスケッチブックをソファに置いた。

そして、俺のもとへと歩み寄ってくると「こののんくん、お座り」と命令してきた。

とりあえず「ワンっ!!」と吠えて、その場にしゃがみ込むと彼女はさらに接近してくる。

その結果、鈴音母のスカートの裾とそこから伸びる艶やかな太腿が眼前に現れた。

えっろ……。

「こののんくん、ママのスカートを少し捲ってみて？」

「ま、ママ……さすがにお戯れが過ぎるのでは？」

鈴音母は何やら悪戯(いたずら)な笑みを浮かべて俺を見下ろす。

「じゃあこののんくんはママのスカート捲りたくないの？」

「いや、だって……」

「でもこののんくんの顔には『ママのスカートが捲りたい』って書いてあるわよ？」

「…………」

捲りたくないはずがない。

こんないやらしい太腿を目の前にさらされて、性的欲望を駆り立てられない男なんているのだろうか？

ということで誘惑に負けた俺は鈴音母のスリットの入ったスカートへと手を伸ばす。その際に鈴音母の太腿にわずかに手が触れ、鈴音母は「んんっ……」といやらしい吐息を漏らす。

あーやばいやばい……どうにかなっちゃいそう……。

必死に自制心を維持しながら俺は鈴音母のスカートを摘んで捲り上げていく。が、鈴音母のスカートは少しタイトで少し難儀した。

それでもなんとかスカートを捲り上げると、彼女の太腿にはガーターリングが巻かれていることに気がつき、そこには名刺が差さっていた。

どうやら名刺はここがホームポジションらしい……。

とりあえず鈴音母の太腿によって生温かくなった名刺を抜き取ると、視線を落とす。

『イラストレーター　みゅうみゅう』

名刺にはそう書かれていた。

なんじゃこりゃ……。

ぽかんと名刺を眺めていると、鈴音母が俺の目の前にしゃがみ込んで俺を見つめてきた。

名刺から視線を奥にやると、しゃがみ込んだ鈴音母のスカートの中に黄色いパンツが見えている。

「こののんくんのえっち……」

「え？　あ、すみません……」

「だけど残念。こののんくんが見ているのはパンツじゃなくて水着だよ？」

それでも十分に価値がある。

い、いや、鈴音母の水着を見ている場合じゃない。

「みゅうみゅうってなんですか？」

「は～いっ!!　今回このの先生のイラストを担当することになったみゅうみゅうだよ。このの先生よろしくね」

「い、イラスト担当っ!?」

「そうだよ。担当編集としてもイラストレーターとしても、このののんくんの作品をいっぱいいっぱい支えていくね？」

ＯＨ……ＮＯ……。

また俺は水無月家との関係が一つ深くなった。

なんでだ……なんで俺が身動きすればするほど水無月家との関係が強固になっていくんだ……。

「こののんくん、これからもよろしくね？」

「…………はい……」

ということで思わぬ形で担当イラストレーターさんと対面することになった。

その情報量の多さに頭がパンクしていると、彼女は俺の頬をつんつんとつついてくる。

「こののんくんは、ここに飲み物を取りに来たんじゃないの？」

「え？　あ、そうですけど……」

なんで知ってるの……。

そのサイコメトラー鈴音母に首を傾げていると、彼女は巨大テレビを指さした。

「え？　あ、あぁ……なるほど……」

どうやら俺たちの行動は鈴音母に筒抜けらしい。が、まあ、話は早い。

「何か飲み物はありますか？」

素直に願望を口にすると、鈴音母は立ち上がってソファへと戻った。そして、自分の隣をぽんぽんと手で叩く。

「こののんくん、おいで？」

「いや、俺は飲み物が――」

「いいからおいで」

ということなので、俺もまた鈴音母の隣に腰を下ろした。彼女は目の前のテーブルに置かれたグラスを手に取った。

グラスにはメロンソーダだろうか、黄緑色の液体とそこにストローが二本ささっている。

「じゃあ飲みましょ？」

鈴音母はストローのうち一つに唇をつけると首を傾げる。

どうやら俺も飲めということらしい。もう一方のストローに唇をつけてちゅうちゅうとジュースを吸うと、鈴音母は何やらご機嫌そうに笑みを浮かべた。

可愛い……そして顔近い。

思っていたのとは違うが、喉を潤すことに成功した。ということで目的を達成した俺は部屋に戻ろうとソファから立ち上がろうとしたのだが、鈴音母が俺の手を掴んでそれを阻止してきた。

「ま、ママ……どうしたんすか……」

「もう少しここでゆっくりしましょ？」

「ですが、部屋で鈴音ちゃんが待っていますし……」

別に部屋に戻りたいというわけではないが、ここに居座り続けるのは危険だと脳が警鐘を鳴らしていた。

だから、リビングをお暇（いとま）しようと思ったのだが、彼女は俺の腕をしっかり摑んだまま笑顔を絶やさない。

あーなんか怖い……。

「あんな小娘のことなんて、どうでもいいじゃない？　ママと二人だけで楽しいことといっぱいしましょ？」

「ま、ママ……なんという暴言を……」

実の娘を小娘扱いする鈴音母に愕然（がくぜん）としていた俺だったが、彼女が摑んだ手をぐいっと引っ張るものだから強制的に再び着席させられる。

鈴音母は俺の耳元に唇を寄せてきた。

「こののんくん、背徳強化合宿は順調かしら？」

「え？　ま、まあ……おかげさまで……」

「そう、それはよかったわね。だけど、こののんくん、ママはこののんくんに三つの背徳的な感情を養ってほしいって言ったわよね？」

「ま、まあ……」

「だけど、さっきから一つ目ばっかりで全然、他の背徳感が養えていないと思わないかしら？」

確かに鈴音母の言うとおりだ。

俺はさっきから鈴音ちゃんによって嫌というほど背徳的な感情を煽られた。

が、それは主に一つ目の背徳感、好きになってはいけない妹をえっちな目で見るの部分に限定されているような気はした。

「次は二つ目の背徳的な感情を養いましょ？」

「で、ですがどのようにして……」

首を傾げていると、鈴音母は俺の耳から顔を離して二階へ顔を向けた。

「鈴音ちゃ〜んっ!!　聞こえる〜？」

そんな鈴音母の声がリビングに響き渡り、少ししたところで変態部屋のドアが開いた。

当然ながら姿を現したのは鈴音ちゃんである。

彼女は階下の俺たちを見やると「ママ、どうかしたの？」と首を傾げた。そんな鈴音ちゃんを鈴音母が手招きすると彼女は不思議そうに一階へと下りてきた。

俺たちの座るソファの前までやってきた鈴音ちゃんは、どうして自分が呼ばれたのかわからないようだ。

まあ、そりゃそうだよな……だって俺もわからないから。

ということで二人仲良く首を傾げていると、鈴音母は立ち上がって鈴音ちゃんの前に立った。

「ママ？」

「鈴音ちゃん、ちょっと右手を出して」

そんな鈴音ちゃん、鈴音母の要望に鈴音ちゃんはぽかんと口を開けながらも右手を出した。

鈴音母はそんな鈴音ちゃんの右手を摑むと、彼女の手首に手錠をかけた。

「「え？」」

俺と鈴音ちゃんは同時に声を出して目を丸くする。

え？　どういうこと？

そのわけのわからない展開に啞然としていると、鈴音母は鈴音ちゃんの腕を背中に回して、もう片方の腕にも手錠をかけた。

「ま、ママ……どういうこと？」

そりゃそうだ。

さすがの鈴音ちゃんだって突然母親に手錠をかけられるとは思っていなかっただろう。

困惑と悲しみの表情で母親を見つめたが、鈴音母は相変わらずご機嫌そうに笑みを返すと、鈴音ちゃんの足を引っかけて床に彼女を寝転ばせた。

「鈴音ちゃん、悪いけどそこで大人しくママとこののんくんがえっちなことをするのを見ていてね？」

どうやら鈴音母は今から俺にえっちなことをするらしい……。

とんだ次回予告を食らう。

「あ、あの……お母さま、何をやっておられるのですか？」

「このの君くん、鈴音ちゃんの足に手錠をかけて？」

そう言って鈴音母はポケットからもう一つ手錠を取り出すと俺に手渡した。

「いや、なんでですか……」

当然の疑問を口にすると鈴音母は、少し不満げに頬を膨らませる。

あ、可愛い……。

「このの君くん、ここまでやってもまだわからないの？　これは二つ目の背徳感よ」

「え？　…………あっ……」

な、なるほど……。

鈍感な俺は今更ながら鈴音母の意図に気がついてしまった。

鈴音母は俺に鈴音ちゃんを裏切れと言っているのだ。

二つ目の背徳感。これは好きな人を裏切って別の人と親密になる背徳感。

鈴音母は鈴音ちゃんを裏切って自分と親密になれと言っているのだ。

確かに二つ目の背徳感を満たすためには、鈴音母のこの強引なやり方はかなり有効だ。

だけど……だけど、さすがに鈴音ちゃんを裏切るのは俺の何かが拒否反応を示す。

「ほら、早くやって……」

鈴音母が急かしてくる。

が、さすがに、はいそうですかと手錠がかけられるほど俺は悪人ではないのだ。

「こういうのはさすがに良くないんじゃ……」

「お兄ちゃん、早くして」

「え？　ええ？」

鈴音ちゃんの気持ちを考えて俺は躊躇していた……はずなのに、その鈴音ちゃんから急かされた。

「す、鈴音ちゃん……なんで……」

なぜか自分を拘束しろという鈴音ちゃんに視線を向けると、彼女は頬を真っ赤にしたままませがむように俺を見つめていた。

あ、なるほど……こいつら共犯だ。

どうやらこいつらは二人して俺に背徳感を植え付ける気満々のようである。

「ほら、こののんくんやるのよ」

「お兄ちゃん、やって」

ということで何故か被害者であるはずの鈴音ちゃんからも催促されたので、俺は心を無にして手錠を片手に鈴音ちゃんの足下にしゃがみ込んだ。

「お、お兄ちゃん……やめて……」

手錠をかけようとしたところで鈴音ちゃんが、恥知らずにもそんなことを言ってくる。

が、その瞳にはうるうると涙が浮かんでおり、心から裏切られた妹を演じていた。

この切り替えの凄さである。

鈴音ちゃんの足を掴むと、なんだかぬるぬるしていて生々しい。どうやらさっきのぬるぬるするやつがまだ付着しているようだ。

ということで鈴音ちゃんのお望み通り、彼女の足首を手錠で固定してあげると、鈴音母がソファの下からロープを取り出して、手首の手錠と足首の手錠を連結させるように結んだ。

鈴音ちゃんの海老反り（えびぞ）りの完成である。

えっろ……。

手足の自由を奪われた鈴音ちゃんは芋虫みたいに体をくねくねさせていて少し可愛い。

そんな鈴音ちゃんを横目に鈴音母を見やると、彼女はなにやら不敵な笑みを浮かべた。

「よし、これで邪魔者はいなくなったわね。鈴音ちゃん、鈴音ちゃんにこののんくんは勿体（もったい）ないわ。ママとこののんくんがえっちなことするところ、指を咥えて見ていてね。あ、でも手錠をしているから咥えられないかな？　クスクスッ」

「ママ……こんなの酷いよ……」

鈴音母もまたのりのりで悪女を演じているようだ。

二人して楽しそうでなによりです……。

なんだろう……この親子、役者を目指したほうがいいんじゃないか？

なんて考えていると、鈴音母は海老反り鈴音ちゃんの顔の前にしゃがみ込むと鈴音ちゃんの頭を優しく撫でた。

「鈴音ちゃん」

「な、なに……」

「鈴音ちゃんは自分が一番このののんくんの力になれる、自分以外に自分の役割は務まらないって考えているんじゃないかしら？」

「ど、どういうこと？」

「その慢心は自分の身を滅ぼすわよ？　本当に自分がこのののんくんにとって一番必要な存在なのか、よくよく考え直してみてね？」

鈴音母はなにやら意味深なことを言うと「このののんくん、ちょっとそこでお利口さんにしていてね」と言い残して一人、奥の部屋へと姿を消した。

それから五分ほど時間が経った。その間、当然ながら俺と海老はリビングに二人取り残されている。

鈴音母はいったい何を企んでいるのだろうか……。

なかなか戻ってこない彼女に一抹……いや一〇〇抹の不安を抱きながら待っていると、足下の変態海老が言葉を発した。

「ママ……酷いよう……」

あー白々しい。

おそらく鈴音ちゃんはこれから、このリビングで何が繰り広げられるのかを知っているはずだ。

その証拠に表面上は不安げに眉をハの字にしているが、ほっぺたは赤くなっているし、なんだか目もルンルンしている。

「お兄ちゃん」

「ママの誘惑に負けないでね。鈴音はお兄ちゃんのこと信じているからね」

「お、おう……頑張るよ……」

なんて表面的な会話を鈴音ちゃんと交わしていると、ようやくドアの開く音が聞こえたので、俺と鈴音ちゃんが同時にドアへと顔を向けたのだが……。

「なっ………」

ドアから出てきた女性を見た俺は我が目を疑った。

「す、鈴音……ちゃん？」

ドアから出てきたのは鈴音ちゃんだった。

具体的に言えば、いつものブレザーの制服を身にまとった鈴音ちゃんだった。そして、髪にはいつの日か俺がプレゼントしたコスモスの髪留めが付いている。

「せ、先輩……お待たせしました……」

部屋から出てきた鈴音ちゃんは、頬(ほお)を朱色に染めてそわそわした様子だ。

いや、どういうこと……。

俺は慌てて足下の海老に視線を落とす。そこには相変わらず深雪(みゆき)のセーラー服を身にまとった元鈴音ちゃん、現海老が転がっている。

ということはである……。

ということはあそこで鈴音ちゃん面をして、頬を染めているのは鈴音母ということにな
る。
前々から鈴音ちゃんと鈴音母はよく似ているとは思っていたが、こうやって鈴音ちゃん
の制服を身につけた鈴音母は鈴音ちゃんそのものである。
ブレザーの胸は本物同様に膨らんでおり、ハルカちゃん丈に調整されたスカートからは
年齢を感じさせない艶やかな太腿が伸びている。
いや、完成度高すぎだろ……。
そのあまりの完成度に思わず絶句していると、鈴音母はいつものニコニコ顔に戻ると俺
のもとへと駆け寄ってきた。
そして。
「先輩、好き好きっ!!」
そう言って俺をぎゅっとハグする。
あーこれやばいわ……。
近くで見ると鈴音母はやっぱり鈴音母である。とはいえ、鈴音母の実年齢は知らないが、
彼女はおそらく実年齢と比べて明らかに若々しい。
具体的には二十代前半くらいのお姉さんに見える。
つまり俺の目には二十代前半のお姉さんが、女子校生のコスプレをしているように見え

る。そして、そのわずかに隠しきれていないコスプレ感が、なんだかそういうお店感を醸し出しており逆に背徳的な気持ちになる。

「こののんくん……過ち犯しちゃいそう？」

犯しちゃいそうだから、そろそろ解放していただけませんか……。

ちょっぴり大人のお姉さんの制服姿という、新たな性の境地に達しそうになっていると、鈴音母はようやく俺から体を離した。

そして足下の本家鈴音ちゃんへと視線を向ける。

「鈴音ちゃん、ママの制服姿はどうかしら？」

そんな鈴音母の言葉に本家は「そ、それは……」と少し悔しそうに鈴音母から視線を逸らした。

「ママ……他人のものを盗んじゃダメなんだよ……」

深雪のセーラー服を盗めと俺に命令した女の子が何かを言っている。

「鈴音ちゃん、大切なものはちゃんと盗まれないように用心しておかなきゃダメよ」

そんな二人を冷めた目で眺めながら俺は素朴な疑問を抱いた。

「あの……お母さま？」

「鈴音ちゃんでしょ？」

「いや、それは違うでしょ……」

どうやら彼女は鈴音ちゃんになりきっているつもりらしい。

いや、ほんと遠目に見たら一瞬区別が付かないレベルにはなりきれてるけどさ……。

「なんでそんな格好をしておられるのですか？」

可愛いとは思うけど、俺には鈴音母がわざわざ鈴音ちゃんの制服を身につける意図がわからなかった。

「さっき言ったじゃない。こののんくんに二つ目の背徳感情を教え込むためよ」

「いや、それと制服にどういう関係が……」

「私ってこう見えて可愛いじゃない？」

「悔しいけどそうですね……」

「制服を着れば女子校生に見えなくもないと思うのよ。それに見た目だって鈴音ちゃんにそっくりでしょ？」

「それも悔しいけどそうですね……」

あと変態なところもよく似ています。

「つまり私が鈴音ちゃんになれば、もう鈴音ちゃんは必要ないわよね？　私はこののんくんの担当編集だし、担当イラストレーターだし、これからはママとこののんくんの二人でいっぱいえっちなことをしながら小説を作り上げていきましょ？」

な、なるほど……。

そこまで言われて俺はようやく鈴音母の言葉の意図を理解した。

と、そこで海老反りの鈴音ちゃんが「ま、ママ、ちょっと待ってよっ‼」と叫ぶ。

「そ、そんなの酷いよ……。先輩は私のおもちゃなのに……」

「今日までこののんくんのためによく頑張ったわね。だけど、これからはこののんくんは私だけのおもちゃなの」

いや、どっちのおもちゃでもないですよ……。

いや、まあこの二人からおもちゃのように振り回されてきたことは否めないけど、こう見えて俺にも一応人権があるんです……。

ご存じないかもしれないですが、俺も一応生き物なんです……。

鈴音ちゃんは大切なおもちゃをとりあげられたような顔で、悔しそうに唇を噛みしめている。

が、そんな鈴音母はそんな鈴音ちゃんを無視して、俺へと顔を向けた。

「こののんくん、鈴音ちゃんはこののんくんの創作にとって必要な存在？」

「え？　そ、そりゃもちろん」

そんなの当然だ。

俺が小説サイトで一位を獲得したのだって、書籍化にこぎつけることができたのだって、全部鈴音ちゃんのおかげだと俺は思っている。

俺の創作活動に鈴音ちゃんは必要不可欠である。いや、元々は鈴音ちゃんの協力なんてなかったけど、鈴音ちゃんからいっぱい変態にしていただいた今となっては、鈴音ちゃんなしで官能小説を書くのは不可能だと言っても過言ではない。

「絶対に必要な存在です」

だからそれだけは自信をもって口にできた。

そんな俺の言葉に、足下の海老が「せ、先輩……」と少し驚いたように目を見開く。

が、そんな俺の言葉にもかかわらず鈴音母の表情はなにやら訝しげだ。

「口ではそんなこと言ってるけど、本当かしら？」

「本当ですよ。鈴音ちゃんがいなければ、俺は未だに日の目を見ないままひっそりとWEB小説を書いていたと思いますし」

「信じられないわね。みんな口ではそんなこと言うけど、そういう男に限って、ちょっと他の女の子にちやほやされたらすぐに靡いちゃうの」

鈴音母……何の話をされているのでしょうか？

あと、それは鈴音母の経験談なのですか？

「このんくんにとって、鈴音ちゃんは小説を書く上で本当に大切な存在なの？」

「それはもう……」

いっぱい変態トロフィーも出していただいてますし。

と、そこで鈴音母はなにやら悪戯っぽい笑みで俺の顎を指で撫でる。

「だったら、私で鈴音ちゃん以上に興奮しちゃったらダメよね？」

「いや、言っていることがさっぱり……」

なんだか強引にわけのわからない方向に誘われている気がする……。

と、そこで俺のつま先に何かが触れた。目を落とすと鈴音ちゃんが顎で俺のつま先をポンポンと叩いていた。

「鈴音ちゃん？」

「先輩、本当に先輩の小説にとって私が必要であれば、ママなんかで私以上に変態になるはずないですよね？」

「え？　あ、それはもちろん……」

「もしも先輩がママで私以上に変態になったら、私……一生先輩のことを軽蔑します……」

鈴音母が俺の腕を摑んだ。

「このんくん、じゃあ始めましょ？　もしも私で鈴音ちゃん以上に興奮しちゃったら、そんな薄情な男の子とは、一生鈴音ちゃんを遊ばせたりさせないから気をつけてね」

あ、なるほど……。

俺、今二人からすっげえ煽られて、すっげえ背徳的な感情を植え付けられてる……。

なんだか二人の思惑が徐々に見えてきた。

どうやら俺は今、二人からもの凄い勢いで鈴音ちゃんを裏切れない状態を作られている。俺は鈴音ちゃんが演技をしていることに気づいている。そんな状態で鈴音母といちゃいちゃしたとしても、本当の意味では背徳感を抱くことはできない。

なにせ、鈴音ちゃんはわざと俺と鈴音母をくっつけようとしているのだから。

だが、俺は鈴音母から鈴音ちゃん以上に小説家として力になる存在はいないと宣言させられた。その宣言によって、俺は鈴音ちゃんこそが最強の助っ人であることを証明しなければならないのだ。

それなのに鈴音ちゃんを裏切って鈴音母で興奮したら、背徳感は止め処ないことになってしまう。

さらには鈴音母で鈴音ちゃん以上に興奮したら、一生鈴音ちゃんとは会えず、鈴音ちゃんからも一生軽蔑されるという脅迫までされた。

鈴音ちゃんから軽蔑されるのは嫌だ……。

『先輩がそんな薄情な人だとは思いませんでした……最低……』

そんなことを言われて涙目でビンタでもされるのだろうか？

それはそれでご褒美な気もするぞ……。

いや、そんなことはないっ!!

それはそれで魅力的ではあるけど、それに伴って鈴音ちゃんから嫌われるのは嫌だし、鈴音ちゃんともう会えないなんてありえない。

「こののんくん、自信がないなら逃げてもいいのよ？　所詮こののんくんは口だけの男の子なのねとは思うけど、一生会っちゃいけないなんて酷いことは言わないから」

「先輩、逃げてもいいんですよ？　その場合は先輩のこと軽蔑はしないですが、今までみたいに先輩に変態的なことはもうしないかもです……」

なんだか巧妙に俺の退路が断たれていく……。

覚悟を決めるしかないようだ。

負けるな竜太郎っ!!　こんな安い煽りに屈したら、一生水無月家の笑いものだぞっ!!

「わ、わかりましたよっ!!　やってやりますよっ!!」

なんか二人の掌の上でコロコロされている気もするけど、売られた喧嘩から逃げるほど、俺は軟弱な人間じゃないと二人に見せつけてやる。

その俺の宣戦布告に鈴音母は「さすがはこののんくん、精々鈴音ちゃんのこと悲しませないように頑張ってね？」と不敵に笑った。

ゴングは鳴った。

鈴音母がどんな攻撃をしかけてくるのか、とりあえずは様子見だ。

心のガードをしながら彼女を見つめていると、鈴音母はなにやら頬を赤らめて俺に一歩歩み寄ってきた。

「せ、先輩……」

「なんですかお母さま」

「せ、先輩の小説のためなら、私のことといっぱいえっちな目で見てもいいですよ……」

ぬおっ!?

鈴音母はいきなり鈴音ちゃんになりきってきやがった。

恥じらいながらもとんでもないことを口にする偽鈴音ちゃん。

鈴音母からのジャブが俺の鼻に直撃した。

可愛い……。思わず鈴音母の言葉にキュンキュンしそうになったが、慌てて首を横に振る。

「へえ、こののんくんは、この程度では満足できないのね？　じゃあ、これはどうかしら？」

そう言って鈴音母は俺の両肩を摑んで押してきた。そのまま俺の体は後退していき、リビングの壁まで追い詰められる。

壁までやってくると鈴音母は俺の肩から手を離して、今度は壁に手を付いた。

壁ドンというやつである。

いや、なんで壁ドンされた？　鈴音母の謎の行動に目を丸くしていると、ふと内腿に何かが触れるのを感じた。

ふと、目を落とすと鈴音母は俺の両脚の間に自分の膝を入れて、自分の太腿と俺の太腿をすりすりさせていた。

その力加減は絶妙である。内腿という敏感な場所をすべすべの脚で撫でてくる鈴音母。

あ、これ凄くえっちだわ……。

「あら？　こののんくん、もしかしてえっちな気持ちになっちゃってるの？」

めちゃくちゃえっちな気持ちになっています……。

そこで鈴音ちゃんが何やら悲しそうな瞳で見つめてきた。

「せ、先輩……もしかしてママで興奮しちゃったんですか？」

あー凄い背徳感……。

鈴音ちゃんから悲しそうに見つめられながらも、俺は鈴音母のすりすり攻撃に腰がガクガクになりそうになっている。

だが、ここで本音を口にしたら負けだ。

「べ、別に興奮なんかしていないです……」

唇を噛みしめて表情を押し隠す。

が、相手は鈴音母である。当然ながらこの程度で許してもらえるわけもなく。

「こののんくん、私のスカートを見てみて？」

「え？　…………なっ⁉」

　そこで俺は気づいてしまった。鈴音母が俺の両脚の間に膝を入れた結果、鈴音母のスカートは同時に俺の脚によって内側に押しこまれている。

　意図せず俺の脚は鈴音母のスカートを押し込んでおり、少しでも脚を前に出せば、俺の太腿は鈴音母の大切なところに触れてしまう。

　あー怖い怖い……。

　ほんの少し誘惑に負けただけで大変なことになってしまうこのギリギリの状況に、思わず息を呑む。

　あ、ダメ……気を抜いたら鈴音ちゃんのこと裏切っちゃいそう……。

　が、俺が誘惑に負けそうになるその直前に。

「このんくん、なかなかやるじゃない。少しだけ見直しちゃった」

　俺がギリギリの状態だと気づけなかったのだろうか、彼女が俺から体を離したのでなんとか自制することができた。

　ふぅ……危なかった……。

　額の汗を拭っていると、鈴音母はまた不敵な笑みを浮かべる。

「クスクスッ。こんな簡単に勝っちゃったらつまらないでしょ？」

「っ………」

　俺の心は見透かされていたようだ。その上で彼女はギリギリのところで体を離した。

これが実力の差である。彼女はすぐにでも勝てる相手をわざと泳がせて楽しんでいる。

どうやら俺はとんでもない相手と戦っているらしい……。


あー凄いわ……鈴音母凄い……。

五分後、俺の頭の中は背徳感でいっぱいだった。あの後、俺はおっぱい押しつけハグをされたり、おしゃぶりを咥えさせられてばぶばぶさせられたり、逆に俺の唾液の付いたおしゃぶりを鈴音母が咥えてばぶばぶしてきたりと、あの手この手で変態の洪水を巻き起こしてきた。

正直に言おう。

とっくに鈴音母に興奮させられている。

そもそも俺はすでに鈴音ちゃんから徹底的に調教されているのだ。並大抵のことでは興奮してしまう。

だからせめて表情だけは隠して、興奮していることを気取られないように踏ん張っていたのだ。

が、これこそが担当編集である鈴音母の狙いであることも同時に理解している。

我慢すればするほど、背徳感によってより興奮してしまう。

鈴音ちゃんに対する申し訳なさが加速していった。

それでも鈴音ちゃんからの「頑張ってくださいっ!!」「ママなんかに負けちゃダメですっ!!」という応援で耐え続けた。

冷静に考えて親友の母親が俺に変態行為をしてきて、その娘が俺を応援しているってどんなカオスな状況だよ……。

そんなことを考えつつも奮闘していると、気がつくと俺は床に仰向けになっていた。

そして、そんな俺の太腿にまたがるように鈴音母が座っている。

「こののんくん」

「な、なんですか？」

「そろそろ本気を出してもいいかしら？」

「っ…………」

う、嘘だろ……。

どうやら鈴音母はまだ手加減をしていたようだ。彼女の余裕の表情がそれが単なる虚勢ではないことを証明している。

鈴音母は愕然とする俺をなにやら嬉しそうに眺めながら、ブレザーのポケットへと手を入れた。そんな彼女を眺めていると、彼女はポケットから掌サイズの透明な袋を取り出した。

「こののんくん、これが何かわかる？」

そう言って鈴音母は袋を俺の前にちらつかせる。

「そ、それは……」

「こののんくんの小説に書いてあったわよね？　これ、考えたの鈴音ちゃんでしょ？」

「………」

ビニール袋に入っていたのは飴玉だった。

俺はその飴玉に見覚えがあった。

あ、それ前に鈴音ちゃんが作ってきたやつ……。

袋には飴玉が二つ入っていた。そして、その飴玉は糸によって繋がっている。

変態糸電話だ……。

鈴音母は袋から変態糸電話を取り出すと、その片方を俺の口の中に入れた。

その瞬間、お口の中に甘い風味が広がる。

どうやら飴玉は鈴音母の手作りのようで、丸い形はしているもののきれいな丸ではなく楕円形である。

それよりなにより甘い……。

彼女は砂糖を相当な量ぶち込んだようで、甘過ぎなくらいだ。

なんて考えながら飴玉を舐めていると、鈴音母は俺の顔を覗き込むように顔を接近させるともう一方の飴玉を自分の口に含んだ。

彼女は垂れ下がった髪を耳にかけると、弛んでいた糸をピンと張る。

これで変態通話が可能な状態になった。

それにしても短い……。

鈴音母の用意した糸電話の糸はわずか一〇センチほどである。当たり前だが糸電話というものは糸が短ければ短いほどより振動がはっきりと相手に伝わる。

と、そこで鈴音母は口の中で飴玉をぺろりと舐めた。

「んんっ……」

あーやばいわ……これやばい……。

「どうしたの？　もう音を上げるつもり？」

「いや、そんなことは……」

「そう？　じゃあもっと攻めるわね？」

鈴音母はそう言うやいなや、口の中で飴玉をねぶり始める。舌先で飴玉をちろちろさせたり、わざと歯を飴玉に当ててみたりと、鈴音母の口の中の動きが手に取るようにわかる。

正直やばい……。

本当にやばい……のだが、俺はこうも思った。

これでは鈴音ちゃんと一緒ではないのか？

確かに鈴音母の本気はこれまでとはひと味違う。だが、俺はすでに鈴音ちゃんによってこの変態糸電話童貞を捨てているのだ。

鈴音母の舌使いは鈴音ちゃんにはない経験が感じられたが、俺を陥落させるほどのものではなかった。

そう考えると不思議と余裕が生まれてくる。

あんな強気なことを言っているが、鈴音母のやっていることは鈴音ちゃんのコピーだ。

コピーのままでは鈴音ちゃんの変態性には勝てない。

「ねえ、このんくん、このままじゃ決着がつかないと思わない？」

と、そこで鈴音母がそんなことを尋ねてくる。

「そうですね」

確かにそうだ。

というかそもそもこのゲームは制限時間がないため、たとえ俺が耐え続けたとしても鈴音母は無限に攻め続けることができるのだ。

一方、俺にはどうなれば鈴音母に勝てるかどうかわからないし、かなり不利な戦いを強いられている。制限時間を設定してくれなければ必ず負けてしまう。

「じゃあ、どっちかの飴がなくなるまでってのはどうかしら？」

「俺はそれでいいですよ」

「じゃあ決まりね」

そんな鈴音母の言葉に俺は勝利を確信した。

確かに鈴音母の口撃は凄まじかったし、これ以上別の手を使われたら、いつかは敗北を喫してしまう。

だが、さっきも言ったように俺はこの変態糸電話は初めてではないのだ。これを続けられたとしても、俺はなんとか耐えられるような気がした。

「あ、ちなみにかみ砕くのはだめよ？」

「俺はそんな卑怯な手は使いません。正々堂々戦います」

「やだ、今のこののんくん、ちょっとかっこいい……」

そう言って鈴音母はわずかに頬を染める。

可愛い……。

が、鈴音母はまたすぐに笑みを浮かべると俺の手を取った。そして、俺の手を糸へと移動させると「ちょっとここを摘んでみて」と言うので糸を摘んでみた。

糸はわずかにしっとりとしていた。

「飴を舐めていると、どうしても口の中に唾液が溜まってくるの。このままだと糸を伝ってこののんくんのお口に私の唾液が入っちゃいそう……」

「そ、それはマズいですね……」

さすがに唾液交換はマズい……。

これもう実質鈴音母とのディープキスじゃん……。

指を使って糸のしっとり具合を確認してみる。

うむ、まだ俺のお口に到達するまで時間がかかりそうだ。鈴音母が意図的に俺の口に唾液を垂らさない限り飴玉が先になくなりそうな気もする。

よし、勝ったな。

勝利を確信した俺は、飴玉を頑張って舌で転がして溶かすことにした。

ペロペロと飴を舐めていた俺だったが、激しく舐めれば舐めるほど眼前の鈴音母の表情が悩ましげになっていく。

「んんっ……やだ……こののんくん激しい……」

えっろ……。

やばいやばい。鈴音母が身もだえするのを眺めていると、危うく興奮を顔に出しそうになった。

が、ここで屈服したら全ては水の泡だ。それにこちとら今後の鈴音ちゃんとの逢瀬もかかっているのだ。何が何でも負けるわけにはいかない。

ということで必死に飴玉を溶かしていた俺だったが、ドスケベな表情を浮かべていた鈴音母が不意に笑みを浮かべる。

「こののんくん……甘いわね……」

「いや、甘過ぎですよ……」

飴に砂糖を入れすぎて頭が痛くなってきそうだ。

「違うわよ。こののんくんが甘いって言っているの」

どうやら飴玉の味の話ではないらしい。

「こののんくんはこの勝負勝てるって思っているでしょ？」

「強がっているんですか？」

「クスクス……それはどうかしらね……クスクス……」

なにやら余裕の表情の鈴音母。

この余裕はどこから出てくるんだ？　このまま行けば俺は乗り切れる。そうなったら負けるのは鈴音母のほうだぞ？

やっぱり強がっているのだろうか。鈴音母のそんな表情にわずかな不安を抱いたが、俺は数秒後、彼女の余裕の理由を知ることとなった。

それまで調子よくペロペロ甘ったるい飴を舐めていた俺だったが、しばらく舐めたところで甘みの中に酸味を感じ始める。

ん？　なんじゃこりゃ？

なんて考えながらも舐めていると酸味は徐々に強くなっていき、気がつくと甘みは薄くなり口の中いっぱいに酸っぱさが広がった。

「お、お母さまこれは……」

鈴音母が何かを仕掛けてきやがった。そのことに気がついた俺が酸っぱさに唇を尖らせながら彼女を見やると、彼女もまた唇を尖らせていた。

「こののんくん、酸っぱいね……」

どうやら鈴音母も同じ状態のようだ。

そんな彼女の表情を見て俺は理解した。

変態時限爆弾……。

鈴音母は飴玉に仕掛けをしていやがった。

初めはわざと甘々すぎる飴を舐めさせて、甘い表面が溶けきったところで内側の酸っぱい飴が姿を現す。散々口の中を甘々にしたところで襲ってくる酸味は、本来の酸味以上に俺の唾液腺を刺激する。

そして、それは鈴音母も同じだ。

「やだっ……酸っぱくて唾液が止まらない……」

「ちょ、ちょっとお母さま、我慢してくださいっ⁉」

その結果何が起きるのか……それは二人の間をつなぐ糸がこれまでとは比べものにならない速度で鈴音母の唾液に侵食されていく。

いや、それどころか目に見えて糸に鈴音母の唾液が絡みつき、まるで蛇のように俺の口めがけて糸を伝っていく。

あ、こんなにたくさん……。

「こののんくん……我慢できない……」

「あ、お母さま……そんなにたくさん……あぁ……」

気がつくと、俺の口内を鈴音母の唾液が浸食していた。

「やだ……酸っぱくて舐めてられない……」

そう言って耐えきれなくなった鈴音母が舌をペロリと出す。鈴音母の舌からはとろりと無尽蔵に唾液がしたたり、俺の口へと新鮮な唾液が供給されていく。

「ぬおおおおおおおおおおおおおおっ!!」

耐えきれなかった。身もだえしながら恥ずかしそうに舌を出す鈴音母を見た俺は思わず叫んだ。

鈴音ちゃんごめん……竜太郎は大切な人を裏切って、大切な人の母親に興奮する最低な男の子です……。

「クスクス……私の勝ちかしら?」

気がつくと鈴音母は笑顔に戻って俺を見つめていた。

「…………」

「こののんくん、ダメじゃない。大切な人のママに興奮するなんて……」

あー煽られてる……。背徳感がやばい……。

だが、負けは負けである。こんなに絶叫して鈴音母に興奮していないなんて言い訳は通用しない。

自分の敗北を確信した俺は、とんでもない虚無感に襲われる。

俺、なにやってるんだろう……。

が、そのときだった。

「先輩、まだ勝負は終わっていませんっ!!」

海老反りの鈴音ちゃんがそう叫んだ。

「え？　で、でも俺は鈴音ちゃんのお母さんでこんなにも……」

「先輩、私から目を離さないでください……」

え？　どういうこと？

そんなことを言う鈴音ちゃんにぽかんとしていた俺だったが、彼女はそんな俺を見つめてぽっと頬を赤らめる。そして、小さなお口からペロリと可愛い舌を出すと、舌先をちろちろと動かす。

え？　なにその動き……めちゃくちゃエロいんだけど……。

「先輩……先輩のお口の中にあるその唾液は私のものです……」

「鈴音ちゃん、何言ってるの？」

「嘘か本当かなんてどうでもいいんです。私とキスをしていると思ってください。そしたら私の言っていることの意味が理解できるはずです」

ど、どういうことだっ⁉

いや、でも鈴音ちゃんは俺を必死に救ってくれようとしているのはわかる。だったら考えるのではなく、感じるしかない。

俺は鈴音ちゃんとキスしている。鈴音ちゃんとキスしている。鈴音ちゃんとキスしている。

ぬおっ⁉

そのときだった。俺は感じた。

お口の中に侵入する唾液。それが鈴音ちゃんのキスに変換される。鈴音ちゃんの舌使いと相まって、本気で鈴音ちゃんとキスをしているような錯覚にすら陥る。

そう、まるでウナギの匂いを嗅ぎながら白飯を食えば、うな重を食っているような気になるような……そんな錯覚。

ぬおおおおおおっ‼

俺はキスをしているぞっ‼　鈴音ちゃんと唾液を交えた大人のキスをしているっ‼

「せ、先輩……もっと舌を使って……」

「こ、こう……かな？」

ただの飴玉だったはずの物体は鈴音ちゃんの舌に変貌していた。鈴音ちゃんを感じるように丁寧に飴玉を舐めていると「や、やだ……そんなに激しくしちゃダメ……」と鈴音母の声が聞こえる。

「す、鈴音ちゃん卑怯よ？　このののんくん、ママのほうを見ましょうね？」

そう言って鈴音母はペロペロと飴を舐めて、その動きが俺の口内に届く。

だが、俺の視線の先にあるのは海老反りの鈴音ちゃん。瞳を閉じたまま必死にちろちろと舌を動かす鈴音ちゃんである。

あー鈴音ちゃんが激しく俺の口の中をいたぶっている……。

変態の置き換え。

俺は鈴音母の舌使いを完璧に鈴音ちゃんとの仮想キスに置き換えることができた。

と、そこでポトリと俺の頬に何かが落ちた。自分の頬に触れるとそこには飴玉を失った糸が頬にべたりと張り付いていた。

どうやら鈴音母は飴玉を全て溶かしきったようだ。

タイムアップである。

「わ、私の勝ちね……」

と荒い息を繰り返しながら勝利宣言をする鈴音母。が、その直後「ママ、ちょっと待ってっ!!」と鈴音ちゃんが叫んだ。

「鈴音ちゃん？　どう考えても私の勝ちだと思うけど」

「そんなことないよ。先輩はママよりも私に興奮していました」

「そんなこと――」

「あるよ。先輩はママと飴を舐め合いながら私とのキスを妄想していたよ。だったら、それはママに興奮したわけじゃないよね？　私に興奮したんだよね？」

そこで俺は鈴音ちゃんの突然の行動の意図を理解した。

鈴音ちゃんは俺の興奮の矛先を鈴音母から自分へと付け替えたのだ。手足を縛られていながらそんな離れ業をやってのけた。

確かに俺は最後、鈴音母ではなく鈴音ちゃんとキスしているという錯覚に陥っていた。

つまり、俺は鈴音母ではなく鈴音ちゃんに興奮したのだ。

「…………」

そんな鈴音ちゃんの主張に鈴音母は目を丸くしていた。が、しばらく鈴音ちゃんの真剣なまなざしを見つめたところで、不意に「それもそうね……」と諦めたようにわずかに頬を緩めた。

そして俺へと顔を向ける。

「ののんくん、悔しいけれど私の負けだわ。ののんくんの小説にはやっぱり鈴音ちゃんが必要みたい」

勝ったっ!!

よくわからんけど、俺は勝ったようだ。

まだ勝利が信じられない俺の頰を鈴音母がツンツンする。

「こののんくん、二つ目の背徳感は理解できた？」

「え？　そ、それはもう……嫌というほどに……」

「今回は小説のために仕方なくこののんくんのことを寝取ったけど、これからは鈴音ちゃんの気持ち、絶対に裏切っちゃダメだからね。これはこののんくんとママのお約束」

「は、はい………」

こうして俺は二つ目の背徳感を手に入れることに成功した。

それから俺と鈴音ちゃんは、リビングで鈴音母のお絵描きを眺めて過ごすことになった。

当然ながら鈴音ちゃんのお着替えタイムや、さっきの鈴音母との変態ＮＴＲ糸電話などの様子はしっかり鈴音母に撮影されていたようだ。

飴玉を舐めながら鈴音ちゃんと遠隔仮想ディープキスをしていたときの俺の表情を画面越しで見たとき、心の底から死にたくなったことをここに報告しておく。

それにしても凄い……。

鈴音母は仕事の早さもさることながら、その腕前もさすがはプロと思わず声が漏れてしまうほどのレベルだった。

さっきの飴玉の映像は鈴音母の手によって、あら不思議、濃厚なディープキスのイラストに変貌する。

鈴音母もまた俺の小説に登場するのだ。どうやら娘から主人公を奪い取る悪女としてその様子が克明にイラスト化されていく。そんなイラストを眺めていると俺の頭の中にいくつものアイデアが浮かんでくる。

イラストが一段落したところで、俺たち三人は鈴音母の提案で、近くの大型ショッピングセンターに食材の買い出しに行くことになった。

どうやら今日の夕食は焼き肉をするようだ。ということで車いっぱいに食材を乗せて別荘に戻ってきた俺は、茶室で精神統一を行っていた翔太に声をかけてバーベキューセットを海辺へと運んでいく。

その頃には時刻は一八時を回っており、大きな海が夕陽を鮮やかに反射させていた。

綺麗だ……。

「竜太郎。今日一日平穏に過ごせたことに感謝をしてから準備を始めよう」

「お、おう……平穏な……」

むしろ今日一日の中で平穏だった時間があったのかどうかも怪しいけど……。

ということで翔太と二人でしばらく黄昏れたところで、バーベキューの準備に取りかかる。

翔太は手慣れているようで、サクサクとセットを組み立てると着火剤に火を付けた。それからさらに四人分の椅子を組み立てたところで、カットした食材と紙皿や紙コップの入った袋を持った鈴音ちゃんと鈴音母が別荘からやってきた……のだが。

ぬおっ!?

別荘からやってきた二人は水着姿に変貌していた。

左側の鈴音ちゃんはさっき見たように真っ赤なハイビスカス柄のビキニ。そして、右側の鈴音母は真っ白い百合(ゆり)の花をあしらった同じくビキニ姿だ。

鈴音母のほうは腰にパレオを巻いており、なぜか額にサングラスを乗せている。

眼福……。

そのありがたい光景に見とれていると、気がつけば二人は俺のすぐそばまでやってきていた。

「竜太郎く～んっ!!」

と、そこで鈴音母から当たり前のように熱い抱擁をされる。

「お、お母さま……そんな……」

胸に抱かれた俺は、頬の下半分に水着の感触、上半分にはすべすべの鈴音母の肌のすべすべの感触を抱いた。

あー新感覚……悪くない……。

と、鈴音母の柔らかい感触に悦に入っていると「お、お兄ちゃん……ママにデレすぎだよ……」と鈴音ちゃんがむっと頬を膨らませる。

可愛い。

ということで、鈴音母から解放された俺は、その後、さらに鈴音ちゃんからハグされてから折りたたみ椅子に腰を下ろした。

翔太は鈴音母から食材を受け取ると「われわれに恵みを与えてくれた食材たちに感謝をしないといけないね」と聖人のようなことを口にしてから、牛脂を網に乗せて、それから肉や野菜を並べていく。

どうやら束の間（つかのま）の休息がやってきたようだ。

あーなんだろう……一日ってこんなに長いものだったっけ……。

この濃密すぎる一日を振り返るとともに、どっと全身が疲れで重くなる。

ここは一度小説のことは忘れて素直にバーベキューを楽しもう。そんな気持ちで波の音と肉の焼ける音に耳を傾けながら、大海原を眺めていた……のだが。

「お兄ちゃん、隣に座るね」

「竜太郎くん、隣に座るね」

そんな声が聞こえるとともに、俺の椅子の両サイドに二つの折りたたみ椅子がくっつけられた。そして、これまた両サイドに鈴音母と鈴音ちゃんが腰を下ろす。

あ、近い……。

当たり前のように二人はぴったりと俺にくっつくように腰を下ろすと、俺の二の腕に胸をくっつけてくる。

いや、嬉しいよ……。二つの巨乳が腕に押しつけられて嬉しくない男なんていない。

だけど今の俺は変態に関してはお腹いっぱいで胃もたれしそうだ。

が、彼女たちの満腹神経はイカれているようで、俺の手をそれぞれ手に取ると、自分の太腿に置いた。

黙々と食材を焼いていく翔太と、両手に花を抱えながらそれを眺める俺。

なんだこの状況……。

なんだ？　俺は王様か何かか？

と、そこで鈴音ちゃんが俺の耳に唇を寄せた。

「お兄ちゃん……ここが背徳強化合宿だということを忘れないでね……」

どうやら俺には束の間の休息も存在しないようだ。

今度は鈴音母が俺の耳元に唇を寄せてきた。

「こののんくん、三つ目の背徳感は覚えている？」

「え？　え～と確か……」

「三つ目は誰かから大切な人を奪い取る背徳感よ……」

そう囁(ささや)いて鈴音母はクスクスと笑って翔太ちゃんへと顔を向けた。

「お兄ちゃん、なんのために旧お兄ちゃんを今回の合宿に呼んだか知ってる？」

「え？　そ、そりゃ翔太もいたほうが人数も多くて楽しいし……」

「もちろん、それもあるよ。だけど、お兄ちゃんが三つ目の背徳感を抱くのに旧お兄ちゃん以上の逸材はいると思う？」

「なっ……」

あ、これ全然休息タイムじゃないわ……。

鈴音ちゃんと鈴音母の言葉によって俺はそのことを強制的に自覚させられた。

これまで鈴音ちゃんと鈴音母によって一つ目と二つ目の背徳感を嫌というほど体験させられた。

だが、三つ目の背徳感。つまりは誰かの大切な人を奪い取る背徳感だけは、この三人だけでは実現できないのだ。

彼女たちは俺が翔太から彼女たちを奪い取ることを所望している。

「私は翔太ちゃんの大切なママでしょ？」

「私は旧お兄ちゃんにとって大切な妹だよね？」

「そんな私たちを親友から奪い取るのって凄く背徳的だよね？」

ＯＨ……ＮＯ……。

翔太ちゃん逃げてっ!!　今すぐここから逃げてっ!!

心の中でそう叫んだ。が、翔太は俺の心配などどこ吹く風で「ありがとう。食材よ。ありがとう」と食材に感謝を述べながら肉や野菜を焼いている。

「お兄ちゃん、私だって心が痛むよ。こんな方法、本当は取りたくない。だけど、先輩の小説をより背徳的なものにするためにはこれ以外に方法がないの」

「こののんくん、覚悟を決めなさい？　より良い小説を完成させることは、ひいては翔太ちゃんを喜ばせることにもなるのよ？」

「いや、そうかもしれませんが……」

ってかそもそも、なんであいつは未だに俺の小説を読み続けているんだよ。しかもあいつ、いつも鈴音ちゃんよりも早く感想を書いてくれるんだぜ？

『執筆お疲れ様です。私は最近、先生の作品から悟りの境地を見出した者です』

『先生の作品は世界の真理です。執筆お疲れ様です』

などなど、もはや荒らしコメントなのではないかと思うほどに、翔太はわけのわからんコメントをいつも残している。

もはや最近は、俺の作品はこいつから、エロい小説という認識をされていないのではないかと不安になっているくらいだ。

だからこそ思う。

「あの……鈴音？」

「なに？」

「翔太は悟りを開いちゃってるんだよ？　今更、翔太に嫉妬心を植え付けるのは厳しいんじゃ……」

そうだ。そもそも翔太は悟りを開いているのだ。そんな彼に俺と鈴音ちゃんや鈴音母がいちゃいちゃしているところを見せつけたところで効果はない。

そんな翔太から三つ目の背徳感、誰かから大切な人を奪い取る背徳感を得ることなど不可能なのだ。

だが、そんな俺の心配に鈴音母クスクスと笑みを漏らす。

「悟りを開いちゃったなら、また俗世に戻ってきてもらえばいいのよ」

あ、こっわ……。とんでもないこと言うのね。この人……。

「お兄ちゃんには一旦シスコンに戻ってもらって、その上で嫉妬してもらうね」

俺の両サイドにはとんでもない鬼が座っていた。

「いや、鈴音……さすがに翔太をシスコンに戻すと大変なことになるんじゃ……」

「大丈夫だよ。お兄ちゃんがもしもまた前のお兄ちゃんに戻ったら、また性癖を曲げればいいだけだから……」

凄く簡単に言う。

そもそも俺たちは、一か月前にこの翔太ちゃんの性癖を強引にねじ曲げるために奮闘したのだ。確かに三つ目の背徳感を手に入れるためには、翔太ちゃんを元のシスコン野郎に戻すのが一番効果的かもしれないけど、それはいささかリスクが大きすぎる気もする。

が、鈴音ちゃんも鈴音母もやる気満々である。彼女たちは椅子から立ち上がると「翔太ちゃんっ!!」「お兄ちゃんっ!!」とそれぞれ翔太のもとへと歩いて行った。

おい、大丈夫なのかこれ……。

ヒヤヒヤしながら二人を眺める。

「やあ、ママに鈴音。いったいどうしたんだい？」

が、当の翔太のほうはそんな二人の思惑に全く気がついていないようで、にこやかに肉をひっくり返していた。鈴音母はそんな翔太からトングを奪い取ると、それを網の縁に置いて翔太の腕をぎゅっと抱きしめた。

鈴音ちゃんもまた反対側の腕に抱きつくと翔太に視線を向けた。

「お、お兄ちゃん……鈴音と一線越えよ？」

ド直球じゃねえかよ……。

そんな言葉に翔太は少し驚いたように目を丸くする。

「鈴音、いきなりどうしたんだい？」

「どうもこうもないよ。私、お兄ちゃんのこと大好きだよ。だから一線越えよう？」

動揺する翔太に右ストレートを打ち続ける鈴音ちゃん。

もちろん鈴音母も負けていない。

鈴音母もまた何やら悩ましげな表情で翔太を見つめると、「んんっ……」と何やら吐息を漏らしてから口を開く。

「翔太ちゃん……ママといけないこといっぱいしましょ？」

こっちもド直球だ。

「ま、ママまでいきなりどうしたんだい？」

「どうもなにもないわよ。ママはね翔太ちゃんといけないことといっぱいしたいの……」

俺は何を見せられているんだ……。

そのあまりにもカオスな光景にもはや言葉も出てこない……。

突然、実の妹と実の母親から迫られた翔太ちゃんは、さすがに動揺しているようで目を丸くしたまま家族を見比べていた。

「鈴音にママまで……これはいったいなんの冗談だい？」

「冗談じゃないよ。本気だよ……」

「翔太ちゃん、ママもう我慢できない……」

そう言ってビキニ越しに翔太ちゃんの二の腕に二人の豊満なお胸が押しつけられている。

あーこれはやばいやつだわ……。

少なくとも俺の目には、その光景は翔太の性癖をねじ曲げるには、十分すぎる破壊力があるように思えた。

翔太……すまん……。

自分の小説のために性癖をねじ曲げられる翔太に心から謝りたい気持ちになりながら、思わず彼らから目を逸らした……のだが。

「ママも鈴音も頭でも打ったのかい？」

だが、俺の予想に反して聞こえてきたのは、翔太のそんな言葉だった。

慌てて視線を翔太に戻すと、彼はなにやら呆（あき）れたように鈴音ちゃんと鈴音母を交互に見ていた。

「きみたち、僕たちは血の繋がった家族だよ。そんな家族に邪（よこしま）な感情を持つのはよくないよ」

う、嘘だろおい……。

翔太の口から発せられたのはそんな言葉だった。

どの口が言ってんだよという気持ちは否めないが、そんな正論を口にした翔太に、俺だけではなく鈴音ちゃんも鈴音母も困惑したように口を開けていた。

「きっと二人とも心が乱れているんだよ。そうだ。今度の休みに僕と一緒に写経をしよう。

写経はいいぞ？　写経をすれば乱れた心もすっと元通りになる」

「しゃ、写経？　それをすると、気持ちよくなれるの？」

そんな翔太の言葉に鈴音ちゃんが首を傾げる。どうやら、彼女は写経に興味を持ったようだ。

ん？　いや、それはまずいっ!!

おい翔太止めろっ!!　鈴音ちゃんを浄化するなっ!!

鈴音ちゃんが浄化されて、まともな人間になってしまったら、俺はただ親友の妹をモデルに官能小説を書いているやばい奴に成り果ててしまう。

凄まじいスピードで変態鈴音を浄化しようとする翔太に、俺は慌てて鈴音ちゃんの肩を揺する。

だめなんだっ!!　鈴音ちゃんにはまだまだ変態でいてもらわなければ困るっ!!

そんな俺の願いが伝わったのか、鈴音ちゃんははっとしたように目を見開くと俺を見やった。

「あ、せ、先輩……私はなにを……」

「鈴音ちゃん……ダメだ。写経なんかしたら鈴音ちゃんがまともになっちゃう」

「写経……ダメ……私、真面目になっちゃう……。真面目になっちゃうとマズい……」

鈴音ちゃんはしばらくそう唱えてから「はっ!?」と目を見開いて首を横に振った。

なんとか鈴音ちゃんが浄化される前に、変態に踏みとどまらせることに成功したようだ。

ほっと胸を撫で下ろして翔太を見やる。

ミイラ取りがミイラになるとはまさにこのことである。

それにしても……。

鈴音ちゃんや鈴音母からの誘惑に屈しない翔太ちゃんを眺めながら俺は思う。

どうやら俺の知らないうちに翔太ちゃんは、本当に立派な人間に成長していたようだ。

翔太……お前偉いよ……。いや、本当にあそこからよくここまで立派な人間になったな……。

ならなんで未だに俺の小説を読んでいるんだ？

「お、お兄……ちゃん？」

「しょ、翔太……ちゃん？」

翔太のド正論なカウンターに鈴音ちゃんも鈴音母も面食らった様子で、ただ呆然と立ち尽くしていた。

「さあ、みんな食材が焼けたようだよ？　みんなで一緒にバーベキューを楽しもうっ!!　僕は精進するために野菜しか食べないが、みんなは美味しい肉をいっぱい食べてくれっ!!」

そんな翔太の言葉に二人は彼の腕からそっと体を離すと、俺のもとへと戻ってきた。

そして。

「お、お兄ちゃんがおかしくなっちゃった……」

「翔太ちゃんがおかしくなっちゃった……」

と俺の腕にしがみついて悲しそうに俺を見つめてきた。

いや、どう考えてもおかしいのはあんたたちのほうだろ……。

どうやら二人のもくろみは潰えたようだ。今にも泣きそうな顔で俺に体をくっつける二人を眺めながら翔太はにっこりと微笑んだ。

「竜太郎。ママも鈴音も竜太郎によく懐いているみたいだね。親友として僕の家族と仲良くなってくれて嬉しいよ。これからも僕に代わって二人のことをよろしく頼むよっ‼」

「…………はい……」

俺、翔太に一生ついていく……。

事態は俺が思っていた以上に深刻だった……。

翔太を変態落ちさせて、変態落ちした翔太から鈴音ちゃんと鈴音母を寝取る。

そんな楽しい楽しいバーベキュー会は翔太の想像以上の悟りによって、もろくも崩れ去ってしまった。

そして、そんな翔太の悟りは俺が想定していた数十倍、彼女たちの心に大きな傷を刻み込んだようだった。

その証拠に、早々に食事を終えた二人は無言のまま海のほうへと歩いて行くと、俺が呼びに行くまでずっと肩を寄せ合ったまま体育座りをしていた。

だが、二人の失望はその程度では終わらなかった。

バーベキューの片付けが終わり、別荘に戻ってきた俺はリビングの絨毯に寝そべってノートパソコンにポチポチとプロットを入力していたのだが。

「翔太ちゃんが……翔太ちゃんがママのこと嫌いになっちゃった……」

「お兄ちゃんが……お兄ちゃんが私のこと嫌いになっちゃった……」

「『私のことなんかもう嫌いなんだ……』」

うるせえなぁ、おいっ!!

とにかくうるさいのだ。ソファで身を寄せ合うように座る変態親子は今にも泣き出しそうに、さっきからずっと嘆いている。

そのせいで全く作業に集中できない。

あーやばいな……。この絶望的な状況は早急に解決せねばならない。

「あの……お母さま？」

「このんくん、どうしたの？」

「別に翔太はお母さまのことも鈴音ちゃんのことも嫌いだなんて言ってませんよ？」

そもそも翔太は全くもって二人のことを嫌いだなんて言っていないのだ。

翔太がやったこと……それは家族であるにもかかわらず水着姿で一線を越えようとしてきた変態親子に、家族としてごく当たり前の発言をしただけだ。

「このんくん……」

俺は翔太の味方だからな。

鈴音母はそう言って立ち上がると、寝そべる俺を一旦座らせるとなぜか後ろからハグをしてきて俺の肩に顎を置く。

「こののんくん、翔太ちゃんが甘えてこないってことは、それはもうママや鈴音ちゃんのこと嫌いって言っているのと同じことなの」

「ちょっと言っている意味が……」

あと、一旦俺を座らせてハグした意味を教えてほしい。

あ、ちなみに鈴音母も鈴音ちゃんも水着のままだ。

「翔太ちゃんはママにばぶばぶ言ってくるのが普通の状態なの。それよりもマイナスになったらそれはもう嫌いってことなの」

改めて説明してくれた鈴音母には申し訳ないが、それでも全く理解できなかった。

が、まあ鈴音母にとっても鈴音ちゃんにとっても、飼い犬に手を噛まれたような気持ちなのだろう。

確かに俺だって、ある日突然鈴音ちゃんが正気を取り戻して『私をモデルに官能小説を書いているんですか？　正直、引きます……』とか言われたら一週間は寝込む自信がある。

「このの んくん……」

「なんですか？」

「今からバリカン持ってくるから丸坊主にして？」

「いや、俺を翔太の代わりにするのはやめていただけませんか……」

鈴音母も鈴音ちゃんも重傷である。もちろん、目の前で嘆かれる俺もなかなかの心労なのだが、実は俺にはもう一つ悩みがあった。

それが……。

「先輩……プロットは順調ですか？」

「え？　あ、まぁ……ある程度は……」

とは答えてみたものの、実のところ順調とは言えない状態だった。

そして、その原因こそが実は翔太が悟りを開ききってしまっていたことにあるのだ。

俺の体はもはや鈴音ちゃんからの変態の提供なしには小説が書けない、特殊体質になりつつある。

いや、ホント怖いよね。手軽に鈴音ちゃんの変態に手を出した俺だったが、次第にその変態を手放せなくなっており、気がつくと心も体もボロボロです。

変態止めますか？　それとも人間止めますか？

そんな状態になった俺にとって、三つ目の背徳感を手に入れることができなかったのは致命的だった。

何度も言うが、俺の作品は『親友の妹をＮＴＲ』なのだ。親友から妹を寝取ってなんぼの作品である。その寝取った喜びこそ三つ目の背徳感であり、それがないのは作品の背骨がないのと一緒だ。

ホントこんな体になってしまった自分が情けないが、その根幹部分の背徳感を理解できていない現状、俺のプロットは張りぼて状態になっている自覚はあった。
まあ、端的に言えば、俺もまたこの変態親子二人と一緒に涙を流して肩を寄せ合っても
おかしくない状態なのだ。
さて、どうしたものか……。
こんな体にはなりたくなかったが、こんな体になってしまった以上、急速な変態の補給
が必要である。俺は三つ目の背徳感をどこで手に入れればいいのだろうか……。
なんて考えていると、ソファに座っていた鈴音ちゃんが「あっ……」と突然口を開いた。
そんな鈴音ちゃんに俺と鈴音母が同時に顔を向けると、彼女は立ち上がって俺をハグす
る鈴音母の前でしゃがみ込んだ。
「ママ、編集長を呼べば解決するかも……」
なんで鈴音ちゃんの口から唐突に編集長なんて言葉が飛び出したんだろう……。
ってか鈴音ちゃんって編集長と顔見知りなの？
首を傾げる俺だったが、俺をハグする鈴音母は「確かにそうね……」と何かに納得した
ように頷く。
「編集長ならば、こののんくんのプロットの大きな力になるかもしれないわ……」
どうやら二人は俺のプロットのことを話しているようだ。が、その編集長とやらがいっ
たい俺のプロットにどのように力になれるのだろうか？

さっぱりわからん……。

「ママ、今だったらまだフェリーの時間も間に合うと思うよ。今すぐにでも呼んだほうがいいんじゃない？」

「だ、だけど………編集長を呼ぶのは少し危険よ？　最悪、こののんくんが流血しちゃうかもしれない……」

え？　流血？　なんか物騒な言葉が聞こえてきたけど……。

なんで編集長を呼ぶと俺が流血をするんだ……。

「あ、あの……お母さま？」

さすがに身の危険を感じた俺は二人の会話に割って入ることにした。

「二人はなんの話をされているのですか？」

「え？　もちろんこののんくんのプロットの話よ？　編集長が来ればきっとこののんくんは三つ目の背徳感を手に入れられると思うわ」

「いや、なんでですか……」

俺はまだ編集長に会ったことはない。が、鈴音母を通して編集長が俺の原稿をとても評価してくれているのは知っている。だから、もしかしたら編集長が来ればプロットに関して何かしらのアドバイスがもらえるのかもしれない。

が、本当にそんな簡単な話なのか？

もしもそうなのだとしたら、俺はわざわざこんな背徳強化合宿に参加しなくても、最初から編集長のアドバイスを聞けば良いことになってしまう。

あと、やっぱり鈴音母の口から飛び出した流血って単語が不穏すぎる……。

「このんくん……」

「は、はい……なんでしょうか……」

「覚悟はできている？」

「覚悟ってなんですか……。ただ編集長と挨拶をするだけじゃないんですか？」

「編集長との顔合わせはそんなに甘い物じゃないわよ？　もちろん、私は全力でこののんくんのこと守るつもりだけど、骨折くらいは覚悟しておいたほうがいいと思うの」

「いや、なんでですか……」

なんで？　なんで編集長と対面するだけなのに、流血や骨折の覚悟をしなきゃいけないの……。俺、書籍化作業は初めてだから詳しくないけど、書籍化作業ってそんなに恐ろしいものなの？

「あ、あの……できれば穏便な方法で編集長にご挨拶がしたいのですが……」

「こののんくん、こののんくんはより良いプロットが作りたいのよね？　みんなをえっちな気持ちにできるような素敵な小説が書きたいのよね？」

「え？　ま、まあそうですが……」

「じゃあリスクは取らなきゃだめよ？」

「いや、なんで面白い小説を書くのに骨折のリスクが伴うんですか……」

「…………」

いや、なんで返事してくれないの……。

なにやら一番大切そうなことには答えてくれず、誤魔化すように俺から視線を逸らす鈴音母。彼女はしばらく俺から視線を逸らしていたが、不意に俺を見やると「ま、まあなんとかなるから……」と何かを誤魔化すように笑みを浮かべて、テーブルの上のスマホを手に取った。

そして何やらタップするとスマホを耳に当てる。

「あ、もしもし、編集長？　うん、今ね、こののんくんを連れて別荘に来てるの。え？　今すぐ来るって？　うん、わかった。じゃあ待ってるね」

ということで鈴音母はあっさりと通話を終えた。

なんだろう……編集長ってそんなフランクな存在なのだろうか？　出版社に勤めたことのない俺にはよくわからないが、鈴音母の口調はまるで友人と会話でもしているようだった。

そのフランクさにさらに不安を覚えていると、不意に俺の手が誰かに握られた。

鈴音ちゃんだ。鈴音ちゃんは俺のそばでしゃがみ込んだまま、ぎゅっと手を握って俺を見つめてきた。

「先輩、大丈夫です。これできっとプロットが作れます」

「お、おう……よくわからないけど、そうなんだな……」

「先輩、これから怖い思いをするかもしれないですが、気を確かに持ってください」

「…………」

なんだろう。俺、今、凄く怖い……。

ということで、急遽、編集長が別荘にやってくることになった。

それから俺は編集長の到着を待っている間、プロット作成に勤しむことになった。

鈴音母の話によると、編集長がやってくるまで二時間以上かかるそうである。

まあ、俺たちも二時間以上車に揺られた上に、さらにフェリーにまで乗ってやってきたのだから、それくらいの時間がかかったとしてもおかしくない。

ということでノートパソコンと睨めっこをしながら、ああでもないこうでもないと頭を働かせていた俺だったが、「先輩」と唐突に鈴音ちゃんから声をかけられてパソコンから顔を上げる。

ソファを見やると、ソファの上で体育座りをした鈴音ちゃんがスマホを片手に俺を見つめていた。

ちなみに隣に座る鈴音母は手すりにもたれかかったまま寝息を立てている。

どうやらお疲れのようである。

「先輩、少し休憩をしたらどうですか？」

「そ、そうだけど……このままだと上手くまとまらないし……」

鈴音ちゃんの提案はありがたいけど、プロットの進捗状況はあまりよろしくなかった。その理由はもちろん三つ目の背徳感である。鈴音母は編集長が来れば解決すると言っていたが、正直なところ解決する確証なんてないし、少しでもアイデアを練っておかなければならないのだ。

壁掛け時計を見やった。すると、いつの間にか鈴音母が編集長に電話をかけてから二時間近く経っていた。

「先輩はいっぱい頑張ってえらいですね。ですが、あんまり根を詰めすぎるのは良くないですよ」

「え？　ま、まあ確かに……」

「先輩、私が昼に言った話は覚えていますか？」

鈴音ちゃんは唐突にそんなことを尋ねてくる。当然ながら、俺には彼女が何の話をしているのかわからなかった。

そして、首を傾げる俺を見て鈴音ちゃんは「一生懸命頑張ったら海で遊ぼうって話です」と答える。

ああ、そういえば……。

あまりにいろんなことのあった一日だったため、すっかり忘れてしまっていた。

「ごめん、完全に忘れてたよ……」

素直に謝罪する俺に鈴音ちゃんはクスクスと笑う。

「かくいう私もさっきまで忘れていました。今からの時間だと遊ぶ……というのは無理かもしれませんが、ビーチを散歩するくらいならできます。先輩、私と一緒に海を見に行きませんか？」

それは素敵な提案である。

まあ別に、今日プロットを完成させなければならないわけではないのだ。普段、海を見ることなんてほとんどないし、せっかくの鈴音ちゃんの提案である。

「そうだね。じゃあちょっと散歩しようか」

ということで俺たちは突発的にビーチの散歩に出かけることになった。

俺たちは鈴音母にブランケットをかけてあげると別荘を後にした。鈴音ちゃんはビキニ姿だったが、さすがに夜は少し寒かったようで部屋から持ってきたカーディガンを羽織っている。

別荘の敷地を出ると、別荘とビーチを繋ぐ道路を横断して、俺たちは夜のビーチへと足を踏み入れた……のだが……。

「お、おぉ……」

外灯もほとんど立っていない暗闇のビーチへと足を踏み入れた俺は、思わずそんな声を漏らしてしまう。

なんというか目の前に広がる光景は凄まじかった。

さっきも言ったようにビーチにはほとんど外灯は立っていない。が、夜空には満天の星が光り輝いており、夜の海もまたそんな満天の星を反射して光り輝いていた。

月並みな表現ではあるが、宝石箱をひっくり返したような光景が目の前には広がっていた。

住宅街育ちの俺にとっては当然ながら初めての光景である。

そのあまりに現実離れした幻想的な光景にしばらくその場で立ち尽くしていると、不意に俺の腕をぎゅっと鈴音ちゃんが抱きしめてきた。

「鈴音ちゃんっ⁉」

その突然の行動に目を見開いていると、鈴音ちゃんは俺の腕を抱きしめたまま頬を二の腕にこすりつけてくる。

なんだかよくわからんが可愛い……。

けどなんで？

「す、鈴音ちゃん……どうかしたの？」

「先輩……私、ちょっとだけ嫉妬しています……」

え？　なにその発言……めっちゃ可愛いんだけど……。

唐突に、女の子に言われて嬉しいセリフランキング上位を口にした鈴音ちゃん。

が、嫉妬とは何のことだろう……。

鈴音ちゃんの嫉妬心に心当たりのなかった俺が首を傾げていると、鈴音ちゃんは唇を尖らせて俺をジト目で見つめてきた。

なにその顔……可愛い。

「さっきの勝負。確かに先輩が勝ちましたが、正直なところギリギリの勝利でした。ママ相手にあんなにえっちな顔をする先輩を見たら、そりゃ私だって嫉妬くらいします……」

「あ、あぁ……なるほど……」

どうやら嫉妬した相手というのは鈴音母のようだ。

これまで鈴音ちゃんは俺の小説に多大な影響を与えてきた。

あらゆる変態プレイを発明しては俺に背徳感や羞恥心を植え付けて、俺の小説をより高次な物へと押し上げてくれた。

それはもちろん俺だって自覚している。正直なところ、鈴音ちゃんの行動は俺の小説に絶対的な指針を与えてくれていたのだ。

が、さっきの勝負で危うくその鈴音ちゃんの絶対的存在感が崩れそうになった。

鈴音母というとんでもないモンスターが降臨してきたせいだ。

「正直なところ、私は先輩の小説にとって必要不可欠な存在だと勝手に自負していました。ですが、ママは強敵です。もちろんママだって先輩の小説のために頑張っているのはわかっていますし、できるだけそのサポートはしたいですが、やっぱりちょっぴり悔しかったです……」

「鈴音ちゃん……」

「先輩、先輩の小説にとって私は本当に必要な存在ですか？」

「それはもちろん」

「だったら、ママだけじゃなくて、私のこともっとえっちな目で見てください……」

俺はそんな鈴音ちゃんの言葉にイエスと答えていいのだろうか……。

いや、もちろんそう言ってくれるのは嬉しいよ？

だけどさ……『うん、じゃあこれから鈴音ちゃんのこと、いっぱいえっちな目で見るね』って答えるのもそれはそれで人としてどうかと思う……。

「返事はしてくれないんですか？」

答えあぐねていると鈴音ちゃんがぎゅっと俺の腕を抱きしめてきた。

「え？　あ、いや……だから……」

「先輩、言葉にしないと伝わりませんよ？」

「そ、その……これからも鈴音ちゃんのことえっちな目で見させていただこうかと思っております……」

「へんたい……」

ありがとうございます。

なんだかよくわからないが、ご褒美がもらえた。鈴音ちゃんはそんな俺の言葉に少しは満足してくれたようで、そこでようやくわずかに笑みを浮かべた。

彼女は俺から体を離すと今度は俺の頭に手を置く。

「先輩、今日はいっぱい頑張りましたね。えらいえらい」

そう言って彼女は俺の頭をなでなでし始めた。予期せぬご褒美の到来である。

これだよ。この感触だよ。この感触があるからこそ俺は頑張って小説が書けるのだ。

鈴音ちゃんに久々になでなでをされて、俺はそんなことを改めて思い出した。

鈴音ちゃんは俺の頭から手を離すと、また俺の腕にしがみついてくる。

「官能小説っていうのはなにもえっちなシーンだけじゃないんですよ。こうやって普通のカップルみたいなことをするのだって、きっと小説の参考になるはずです」

確かにそうだ。

　別に官能小説は全てのページでえっちなことをしなければならないなんてルールはないのだ。だったら鈴音ちゃんの言う普通のカップルみたいに過ごすことだって官能小説の参考にならないはずがない。

「先輩……」

　鈴音ちゃんはわずかに頬を染めた。

「確かにママは凄いと思います。ママには私にはない大人の魅力があると思いますし、負けたつもりはないですが負けている部分もあると思います」

「そんなことは……」

「いえ、事実なので……」

　そう言いつつも彼女は腕を力強く抱きしめる。

「ですが、こうやって初々しいカップルのフリは私としかできませんよ？　ママは経験はありますが、経験がないふりはきっとできないので……」

　そう言って少しだけ恥ずかしそうに鈴音ちゃんは笑った。

　可愛い……。

　確かに鈴音ちゃんの言うとおりである。確かに鈴音母はえっちだし、正直なところ時には鈴音ちゃん以上のえろさで俺に襲いかかってくることもある。だけど、鈴音ちゃんには鈴音ちゃんの魅力がある。

こうやって恥じらったり、初々しく手を繋いでくれたりするのも鈴音ちゃんにしかできないことだ。

「鈴音ちゃんの言うとおりだよ。別にえっちなことをするだけが官能小説じゃないもんね」

そんな当たり前のことを教えてくれた鈴音ちゃんに感謝していると、彼女は相変わらず笑みを浮かべたまま頷く。

「そうです。ここでいかにも普通なカップルを演じることで、えっちなシーンでより読者は盛り上がるんです」

「そ、そうっすね……」

あ、なんか俺の言いたかったことと少し違う気がする……。

なんかその言い方だと、今のこの初々しい感じがただの前戯にしか聞こえなくなるんだけど……。

ま、まあいいか。

とにもかくにもこれは役得である。普段の変態モードの鈴音ちゃんとはひと味違う初々しいモードの鈴音ちゃんを堪能することにする。

それから俺たちは腕を組みながらビーチを軽く散歩した。その途中で俺たちは大きな貝殻を二つ見つけてそれを今回の旅行の記念に持ち帰ることにした。

貝殻を眺める鈴音ちゃんの瞳は夜空を反射させてキラキラと輝いていて、本当に可愛かった。

なんだろう……すげえ新鮮……。

今回の合宿で変態ハイパーインフレを起こしていただけに、俺の目にはそんな普通の女の子っぽい鈴音ちゃんの姿は、いつも以上に光り輝いて見えた。

鈴音ちゃんの提案した散歩のおかげで、ほんの少しだけ変態を忘れることができ、良いリフレッシュになった。

腕に鈴音ちゃんの華奢(きゃしゃ)な体と、お胸の感触を抱きながら鈴音ちゃんとの恋人気分を味わうことができた俺は、別荘に戻ってもうひと頑張りしようとビーチを後にした……のだが。

「ぬおおおおおおおおおおおおおおおおおおおおおおおっ!!」

ビーチを出て道路を横断したところで、これまでの雰囲気をぶち壊しにするようなそんな咆哮(ほうこう)があたりに響き渡った。

え？　なに、この叫び声……。

あと、この叫び声に俺、聞き覚えがあるんだけど……。

そんなことを考えながら叫び声の出所へと顔を向ける。

すると、そこには黒いスーツを身にまとったスキンヘッドにグラサンをかけた男が立っていた。

あ、俺……終わったわ……。

そこに立っていたのはマフィアだった。

「な、なんでだっ!!　なんでお前が鈴音と腕なんか組んで歩いてるんだよおおおおおおおっ!!」

考えうる最悪なタイミングでのマフィアとの遭遇だった。

ってか、なんでマフィアがここにいるんだよっ!!

全くもってその理由はわからなかったが、確かにそこにマフィアは立っていた。この強面(こわもて)も叫び声も間違いなくマフィアだ。

そして、マフィアは興奮した様子で、腕を組む俺と鈴音ちゃんを見つめていた。

それすなわち、俺の死を意味するわけで……。

「ど、どうもです……」

ダメだとはわかっているけど、一応、挨拶をして会釈をしてみる。

が、

「ぬおおおおおおおおおおおおおおおおおおおっ!!」

あ、ダメだ……。マフィアはみるみるうちにゆでだこのように顔を真っ赤にすると俺のもとへと駆けてきた。

そして。

「て、てめえっ!!　うちの鈴音となにをやっているっ!!」

そう叫び声を上げると、俺の胸ぐらを摑んでくる。そして、キスできそうなくらい顔を接近させると鬼の形相で俺のことを睨みつけてきた。

あ、やっぱ……おしっこ漏れそう……。

「い、いえ……これはなんというか……」

ただ官能小説の参考にするために鈴音ちゃんとイチャイチャしていただけです……なんて口が裂けても言えそうにない。

「ぱ、パパっ!!　先輩を放してっ!!」

鈴音ちゃんがマフィアに縋り付く。

が、マフィアは鈴音ちゃんの声が耳に入っていないようで「ぬおおおおおおっ!!」と俺を宙に浮かせて睨みつけたままである。

「て、てめえっ!!　ぶっ殺される覚悟はあるんだろうなあああっ!!」

「お、お父さま……ぼ、暴力は……」

「てめえにお父さまと呼ばれる筋合いはねえええええっ!!」

しまった……一番言ってはいけない言葉を発してしまったかもしれない……。

マフィアをなだめるつもりで言ったのだが、逆効果である。

これは……本気で魚の餌になるのを覚悟したほうが良いかもしれない。マフィアの鬼の形相を眺めながら俺はそう悟った。

よ、良かった……海が近いからすぐにお魚さんの餌になれそう……。

鈴音ちゃん……短い間だったけど仲良くしてくれてありがとね？

俺、お魚さんの餌になって、それを釣って食べた人の養分になるから、これからお魚を食べるときは少しは俺のこと、思い出してね。

死を悟った俺は歯を食いしばった。

が、

「あら～ようやく到着したのね～」

そこでマフィアの背後からそんな声が聞こえてきた。その声に俺は顔を少し横にずらして奥に視線を向けると、そこには体にブランケットを巻いた鈴音母の姿があった。

鈴音母はこの俺とマフィアの間に漂う緊張感に気づいているのか、気づいていないのか、ニコニコ微笑みながらこちらへと歩み寄ってくる。

「あら～こののんくんってば、パパに高い高いしてもらってるのね～。いずれお義父さんになるし、その練習かしら？」

鈴音母よ……あなたとんでもないこと言うのね……。

その緊張感の欠片もないのんきな鈴音母の姿に悪寒が走っていると、彼女は俺たちのもとまで歩み寄ってきてマフィアを見上げた。

「パパ、なにやってるの？」

鈴音母は冷静にマフィアに尋ねる。そんな鈴音母の質問にマフィアは依然として興奮した様子で「ぶち殺してやるっ!!　鈴音に手を出しやがってっ!!　今すぐぶち殺してやるっ!!」と意思疎通できているのかどうかわからない返事をした。

マフィアから軽く宙に浮かされた状態で声も出ずに震えていると、ふと俺の胸ぐらを掴むマフィアの腕を鈴音母が掴んだ。鈴音母は相変わらずニコニコしながらマフィアを見つめる。

「パパ、将来ヴィーナス文庫の看板作家になる大作家さまの胸ぐらを掴むってどういうこと？」

そう言って鈴音母は自分の爪をマフィアの腕に食い込ませた。

すると、それまでゆでだこになっていたマフィアはなにやら苦笑いを浮かべて鈴音母を見つめた。そして、ゆっくりと宙に浮いた俺の体が地面に下ろされた。

「こののんくんに手を上げたら、追い出すわよ？　水無月(みなづき)家からも社会からも」

あ、こっわ……。

なんだろう……俺は水無月家の家庭内ヒエラルキーを垣間見(かいまみ)た気がする。そんな鈴音母からの笑顔の恐喝に、さっきまであんなに威勢の良かったマフィアはブルブルと体を震わせながら俺の乱れた襟を整えてくれた。

「す、すみません……」

そして、マフィアは俺に頭を下げた。

とりあえず絶望的な状況は回避されたようだ。そのことを理解した俺がこれまたブルルと震えていると、鈴音母は俺の体を後ろからぎゅっとハグしてくれた。

「このの
んくん、怖かったよね～。でも、もう大丈夫よ～」

「ま、ママ……僕、怖かったよ……」

「だけどね。そこのおじさんは怖い人じゃないのよ？　この人はね～。こののんくんがこれからお世話になる編集長さんよ～」

う、嘘だろおい……。

どうやら編集長はマフィアだったらしい……。

あぁ……なるほど……。どうりで流血や骨折のリスクがあるわけだ……。

なんでだ……。なんで身動きをすればするほど水無月家との関係が濃密になっていくんだ。俺が書籍化を手にしてから出会った人……いや、出会ってない人も水無月家の人間しかいないんだけど……。

読者、水無月家。

協力者、水無月家。

担当編集、水無月家。

イラストレーター、水無月家。

編集長、水無月家。

出版社社長、水無月家。

え？　なに？　この世界って水無月家を中心に回ってるんだっけ？

そんな錯覚に陥ってしまうほどに、俺の周りは着実に水無月家で固められていた。

俺たちは別荘へと戻ってきた。

鈴音母にソファに腰を下ろすように促され、彼女自身も俺の隣に腰を下ろした。その結果、俺はビキニ姿の鈴音ちゃんと鈴音母にサンドイッチされるような形になる。

そんな俺をマフィアは悲しそうに眺めていたが、鈴音母に「パパはここね」と床を指さされ、床に正座をした。

なんだろう……水無月家でのマフィアの立ち位置は犬か何かと一緒なのだろうか……。

そんなマフィアを不憫に思いながらも、俺は疑問を抱く。

そもそもなんで鈴音母はマフィアをここに呼んだのだろうか？

まあ俺を編集長に会わせたいという表向きの理由は理解できるが、わざわざ今日、このタイミングでそんなことをする必然性はない。

もちろん鈴音母のことだから、意味もなくこんなことをするわけがないのだが、鈴音母の腹の底が見えなくて、正直ガクブルです……。

不安を抱きながら鈴音母を横目で見やった。すると、彼女は相変わらずの笑顔でマフィアを見つめていた。

「ねえ、パパ？」

「な、なんですか……」

「パパはこののんくんの小説が大好きなのよね？」

「え？　ま、まあそうですが……」

と、懐からハンカチを取り出して額の汗を拭うマフィア。

そう言えば、編集長は俺の作品をめちゃくちゃ評価してくれているんだったっけ？

そんなことを今更ながら思い出す。なんでも俺をヴィーナス文庫の看板作家にしたいとかなんとか……。

「具体的に、パパはこののんくんの作品のどんなところを気に入ったの？」

「え？　あ、それはその……こののん先生の作品は、男として決して表にできない欲求を丁寧に描いておりまして、そこがとても刺さりました」

なんだろう。ただ小説の感想を口にしているだけなのに、ここまで恐怖の表情を浮かべる人間を俺は初めて見た。

別に俺はなにも悪いことはしていないはずだけど、そんなマフィアの表情を眺めていると謎の罪悪感が湧いてくる。

「そう。それはよかったわね。パパは男の子が女の子にいじめられるような小説が大好きだもんね？」

「え？　ええまあ……」

どうやらマフィアはこう見えてドMさんらしい。

心の底からどうでも良い情報を手に入れてしまった。が、まあドMじゃなきゃ水無月家ではやっていけないのは、俺にはよく理解できる。

「鈴葉ちゃん……」

と、そこでマフィアが耐えきれないような様子で鈴音母を呼んだ。

「どうしたの？」

「そろそろ本題を話していただけないでしょうか？」

どうやらマフィア自身も自分がここに呼ばれたのには、顔合わせ以上の理由があることに気づいているようである。

そんなマフィアを横目に、鈴音母はちらりと鈴音ちゃんを見やった。すると、鈴音ちゃんは全てを理解したように立ち上がると、床で正座するマフィアへと歩み寄る。

彼女はニコニコ微笑みながらマフィアに右の掌を差し出した。

「パパ……お手」

鈴音ちゃんがそう言うと、マフィアは鈴音ちゃんの右手に手を乗せた。

なるほど……水無月家のヒエラルキーではマフィアは鈴音ちゃんよりも下に位置するようだ。プライドもくそもなく実の娘にお手をするマフィアを鈴音ちゃんはしばらく眺めていたが、不意に彼女はビキニの胸元に手を入れるとそこから手錠を取り出した。

そして。

「パパ……ごめんね」

そう言ってマフィアの腕に手錠をかける。

「鈴音っ⁉」

当然ながらそんな愛娘（まなむすめ）の行動にマフィアは驚いたように目を見開くが、鈴音ちゃんはマフィアの腕を素早く背中に回すと、もう一方の腕にも手錠をかけた。

「鈴音、これはどういうことだっ⁉」

「パパ、ごめんね。だけど、ママからの命令だから」

何かが始まろうとしていた。が、いったい鈴音母と鈴音ちゃんが何を始めようとしているのか、俺にもマフィアにも理解できない。

娘からの拘束プレイに動揺を隠せない様子のマフィアだったが「パパ、足にも手錠かけるから、ちょっとそこに横になって」という鈴音ちゃんの指図に「こ、こうか？」とあっさり横になった。

あ、そうだ……この人ドMなんだったわ……。

と、一瞬でもマフィアを不憫に思ったことを後悔して、呆然と眺めているとみるみるうちにマフィアは拘束されていき、気がつくと海老反りマフィアが完成していた。

いや、俺は何を見せられているんだ……。

仕事を終えた鈴音ちゃんは再び俺の隣に腰を下ろす。それと同時に鈴音母が俺の手をぎゅっと握って見つめてきた。

「こののんくん、これでプロットができるからね」

「え？　ど、どういうことですか？」

「もう忘れたの？　三つ目の背徳感よ……」

「え？　あ、あぁ……」

と、そこまで言われて、俺はようやく鈴音母がマフィアを呼び寄せた理由を理解した。

誰かの大切な人を奪い取る背徳感……。

なるほど……マフィアは悟りを開いてしまった翔太の代わりらしい。確かにマフィアは鈴音母&鈴音ちゃんラブである。だからこそ、さっき俺に摑みかかってきたのだ。そんなマフィアから変態親子を奪うこと。それは三つ目の背徳感を手に入れるための条件を完全に満たしていた。

あー怖いわ……。鈴音母、ホント怖いわ……。

俺の小説のためなら手段を選ばない。そんな鈴音母のプロ根性に震えた。

「パパ、さっきパパはこののんくんの小説を素晴らしいって言ったわよね？」

と、そこで鈴音母がつま先でマフィアをつつきながら尋ねる。

「い、言ったけど……それがどうかしたんですか？」

「そんなパパに、とっても有益な情報を教えてあげるね？」

「有益……なんですか？」

なんだろう。そう尋ねられたマフィアの表情が青ざめていく。

そして、俺もまた自分の顔から血の気が引いていくのがわかった。が、鈴音母はそんな俺たちの表情の変化を気にする様子もなくニコニコ微笑みながら口を開いた。

「実はね、パパが気に入ったその小説、こののんくんが鈴音ちゃんや私のことをモデルにして書いた小説なのよ？」

「ぬおおおおおおおおおおおおおおおおおおおおおおおおおおおっ!!」

マフィアの絶叫がリビングにこだました。

なんという残酷な現実。マフィアはまさかそこに描かれていることが娘や妻をモチーフにしたものだなんて思ってもいなかったはずだ。

そして、あろうことか、マフィアはそんな俺の小説の裏事情に気づかないまま興奮してしまった。

あ、あと気づいていらっしゃらないかもしれませんが、お宅の息子さんもモデルに使わせていただいております……。

「なんてことだっ!!　なんてことだっ!!」

マフィアはその現実を受け入れられず、そんなことを叫びながらころころ転がっている。

「クスクスッ……パパったらダメじゃない。私はともかく実の娘をモデルにした官能小説に興奮しちゃうなんて……」

悪魔だ……。そこには悪魔と化した鈴音母がいた。

「ぬおおおおおおっ!!　お、俺という男はなんて罪深いことをっ!!　なんてことをっ!!」

「でもしょうがないわよね？　こののんくんの小説はとってもえっちで魅力的だもんね？」

「パパ……最低……」

そして鈴音ちゃんからのそんな追い打ちである。

マフィアは罪深き自分に耐えきれない様子でのたうち回っている。

マフィアかわいそう……。

が、悪魔と化した鈴音母は慈悲の心など持ち合わせていない。依然としてのたうち回るマフィアを楽しげに眺めながら、「あらあらパパったらかわいそう……」と全然かわいそうに思ってなさそうな口調で慰める。

「あ、そうそうパパ、他にも良いこといっぱい教えてあげる」

「まだ何かあるのかっ⁉　まだ罪深いことが残っているのかっ⁉」

「実はね、このの゙んくんの小説のお手伝いのために、私と鈴音ちゃんの二人でこののんくんにいっぱいえっちなことしちゃったっ‼」

「ぬおおおおおおおおおおおおおおおおっ‼　なんてことだっ‼　なんてことだっ‼」

再びマフィアの断末魔のような絶叫がこだまする。

ここは地獄ですか……。

のたうち回り過ぎたせいでマフィアのサングラスがずり落ちた。が、手足を拘束されて海老になっているマフィアは外れたサングラスを直す術を持たない。その結果、俺の眼前に瞳に涙を浮かべたつぶらな瞳が現れた。

あ、マフィアって想像してたよりも何倍もつぶらな瞳してたんだ……。

そんなマフィアをいたたまれない気持ちで眺めていた俺だったが、そこで鈴音はソファから下りてマフィアの足下にしゃがみ込んだ。

「パパったらかわいそう……」

「ぬ、ぬおおおおおおおっ‼」

いや、ホントかわいそう……。

「だけど、パパが悔しがれば悔しがるほど、こののんくんの小説は面白くなるのよ？　家族みんなでこののんくんの小説の養分になりましょうね？」

「なんてことだっ!!　なんて罪深いことだっ!!」

精神が崩壊していくマフィア。いくら俺の小説のためとはいえ、なかなか見ていて辛いものがある。

「あ、あの……お母さま？」

耐えきれなくなった俺は思わず鈴音母を止めに入る。

「さすがにこれはやりすぎというか……」

そう尋ねると、鈴音母は「あら、そうかしら？」と首を傾げた。

「いや、さすがにやりすぎなのではないでしょうか？　もちろん俺の小説のためにやってくれているのはわかっていますが、お父さまがかわいそうというか……」

なんというか十分に背徳感は理解できた。ここから先は完全に死体蹴りである。

だからこそ止めに入ったのだが、鈴音母はそんな俺の言葉が理解できないのか、「そうかしら？」と不思議そうにマフィアを見やった。

そして。

「パパ……本当に嫌なの？　辛いの？」

「辛いっ!!　こんな罪深い自分が耐えきれないっ!!」

そりゃそうだ。それこそが普通の感覚である。

が、それでも鈴音母はマフィアの言葉に首を傾げている。そして、マフィアの頬をつんつんと指でつつくと、何やら悪戯な笑みを浮かべた。

「パパ……本当に辛いの？　本当はそんなこと言って、自分の置かれた立場に興奮してるんじゃないの？」

そんな鈴音母の言葉にマフィアは目を逸らした。

お、おい……嘘だろ……嘘だって言ってくれ……。

マフィアの頬がわずかに赤く染まった。それを見た俺は全てを悟った。

あ、これ喜んでるわ……。そして、この男もまた水無月家の人間であることを思い知らされる。

おい返せよっ!!　俺の罪悪感、返せよっ!!

あ？　じゃあなんだ？　さっき俺の胸ぐらを摑んでたときも、こいつ心の中では興奮してたのか？　自分の気持ちを高ぶらせていたのか？

なんとも言えない気持ちになりながらマフィアを眺めていると、鈴音ちゃんが「パパ、嬉しそう……」と呟く。

どうやらこの変態マフィアは今ご褒美を貰っているようだ。目の前で妻と娘を寝取られるという、普通に生きていれば決して味わえない極上の興奮を手に入れている。

つまり、俺とマフィアは今、Ｗｉｎ－Ｗｉｎの関係だ。

その証拠に、鈴音母からの「じゃあ止めようか？　パパが喜ぶと思ったのに」という言葉に「つ、続けてくれ……」と答えた。

いや、続けてくれじゃねえよ……。

なんだろう……この世界には変態しか存在しないのか？　本気でそんな気がして泣きそうになった。

そこで鈴音ちゃんがテーブルへと手を伸ばす。

「パパ、パパにこれから見てほしいものがあるよ」

彼女がそう言って手に取ったのはテレビのリモコンだった。

あ……。

彼女の思惑に瞬時に気づいたときには、すでに巨大テレビには俺と鈴音ちゃんたちの映像がでかでかと映し出されていた。

俺に跨がって紐飴を舐める鈴音母。そして、海老反りになったまま俺とエアディープキスをする鈴音ちゃん。

「ぬおおおおおおおおおっ!!　止めろおおおおおおっ!!　止めてくれえええええええっ!!」

あーすっげえ喜んでる……マフィアがすげえ喜んでる……。

「パパ、もっとしっかり見て。パパが鈴音たちのためにお仕事を頑張ってたとき、私やママは先輩とこんなにえっちなことをしていたんだよ？」

「なんてことだっ!!　なんてことだっ!!」

「すっごくえっちで楽しかったよ。これしてるとき、パパのことなんかすっかり忘れちゃうくらい、私もママもえっちな気持ちになってたよ？」

「やめろおおおっ!!　そんなもの見たくないいいいっ!!」

なんだろう……俺は何を見せられているんだろう……。

止めろとか言いながらこのおっさん興奮してるんだよな……。その証拠に、マフィアの目がキラキラ輝いているし、見たくないとか言いながらテレビに釘付け（くぎづ）けになってるし……。

そんなマフィアを眺めながら俺は、自分の中で感情というものが静かになくなっていくのを感じた。

背徳強化合宿のおかげで、俺は無事、帰宅するまでにプロットを完成させることに成功した。

正直なところ楽な合宿ではなかった。俺はこの合宿で身を粉にして背徳感を植え付けられ、肉体的にも精神的にもボロボロになった。

が、その結果、プロットの作成には全く頭を悩まされることはなかったし、鈴音母の求めた背徳感も全て理解したうえで執筆することができた。

その結果、別荘を出る直前に、鈴音母は俺のプロットを「よく頑張ったわね。よしよし」と褒めてくれたし、編集長も「す、すごくいいです……」と賛美の言葉を贈ってくれた。翔太は翔太で「今回の旅行で、しっかりと自分を見直すことができた」と満足げな様子だった。

ということで、行きのメンバーに変態編集長も加えて、俺たちは自宅へと戻ってきた。

「先輩、これからも一緒にがんばりましょうねっ!!」

「お、おう……」

家の前まで送ってもらった俺は、車から手を振る鈴音ちゃんを見送ると、しばらく呆然と立ち尽くしてから、ゆっくりと一日ぶりの自宅のドアを開いた。

ドアを開くと、玄関には家族が勢揃いしていた。

「おにい、お帰り……」

深雪はなにやら深刻そうな顔をして俺に挨拶をする。

そして、その両サイドに立つ俺の両親もまた、深刻そうな顔で俺のことを見つめていた。

え？　なに、この雰囲気……。

「た、ただいま……だけど、みんな勢揃いしてどうしたの？」

その穏やかではない雰囲気に気圧されつつも深雪に尋ねると、彼女は「おにい……あのね……」と俺から視線を逸らした。

「これからおにいに大切な話があるの。だから、リビングに来て……」

そう言われた俺は深雪に腕を摑まれ引っ張られたので、慌てて靴を脱いでリビングへと向かった。

リビングへと到着した俺は深雪に椅子に座らされ、他の家族はなぜか全員テーブルを挟んで対面に並ぶように腰を下ろした。

どういう状況？

なんでこんなことになっているのかはわからないが、胸騒ぎが収まらない。

「み、深雪？　それに親父とお袋もどうしたの？」

そのただ事ではない雰囲気に当然ながらそう質問すると、両親は俺から視線を逸らした。

いや、なんで……。

「おにい……今日はね、おにいに大切なお話があるの……」

「大切なお話？　そ、それはどういったお話でしょうか？」

「おにいはさ、鈴音ちゃんと制服デートがしたいって言って、私の部屋からセーラー服を盗み出そうとしたよね？」

「え？　ま、まあ……その節は大変ご迷惑をおかけしました……」

なんだ？　深雪はそのことを今も怒っているのか？　それを両親に相談してこんなことになっているのか？

いや、でもその件に関しては鈴音ちゃんのフォローのおかげで解決したはずだ。深雪だって怒っていなかったし、今更追求されるのはおかしい……。

「おにい、おにいはどうして鈴音ちゃんにセーラー服を着させようとしたのかな？」

深雪が尋ねる。

「いや、なんでって言われても……」

両親の前でそんなことを発表させるつもりですか？

もちろん一番の理由は鈴音ちゃんが俺の官能小説のモデルだからである。

が、そんなこと当然家族に言えるわけもなく……。

「ま、まあなんというか新鮮さを求めたというか……」

曖昧な返事をするほか、俺にはなかったのです。

そんな俺の返答に深雪は「そう……」と、なにやら納得のいっていないような返事をする。

「あくまでおにいは鈴音ちゃんとセーラー服デートがしたかっただけって言いたいのね？」

「はい……」

「ねえ、おにい……」

「なんでしょうか……」

深雪はしばらく俺の顔をじっと見つめた。が、不意になぜか頬を赤らめると俺から目を逸らす。

深雪ちゃん、なんでそんな顔するの……。

「お、おにいはさ……本当は鈴音ちゃんにセーラー服を着させたかったから深雪の制服を盗んだんじゃないよね？」

「深雪ちゃん、ちょっと何を言っているのかおにいは理解できないんですが……」

「じゃあこう問い直そうか？」

深雪は頬を赤らめたまま再び視線を俺に戻した。

「おにいは深雪のセーラー服を鈴音ちゃんに着させたかったんでしょ？」

「ん？　何が違うんだ？」

「着させる相手は誰でも良かったんだよね？　深雪のセーラー服を誰かに着させて深雪の代わりにしようとしたんだよね？」

「なっ……」

ちょ、ちょっと深雪ちゃん何言ってんの？　おにい、ちょっと話について行けないんだけど？

なにやらわけのわからんことをのたまう深雪。そして、そんな深雪の言葉に同調するようにうんうんと頷く両親。

いや、なんで同調するんだよ。

その言い方じゃまるで俺が深雪のことが好きみたいじゃねえかよ……。

「さ、さすがにそんなことはないんですが……」

ここはさすがに否定しておかなければならない。なんだかよくわからないが、こいつら三人は俺にシスコン疑惑をかけているようだ。

なんでだ？　なんでこんなことになっているんだ？

確かに深雪のセーラー服を盗もうとしたのは事実だけど、それは鈴音ちゃんがフォローをしてくれたし、さすがにここまで確信を持ってシスコン扱いをしてくるのはおかしい。

いったいい俺が合宿に行っているあいだに何があったんだ？

愕然として三人を眺めていた俺だったが、そんな俺に深雪が「はぁ……」とため息を吐く。

「おにいはあくまで認めるつもりはないんだね？」

「認めるもなにも、事実無根だよ。なにがどうなれば俺が深雪のことをそういう目で見てるってことになるんだよっ!!」

「じゃあさ、これを見てもおにいはまだ事実無根だって言うわけ？」

そう言って深雪はテーブルの上に何かを置いた。

そして、俺はテーブルに置かれた物を見て絶句した。

「っ…………」

テーブルの上に置かれていたのは『中央アフリカの食文化』と書かれた文庫本だった。

こ、これは……。

「おにいの鞄に入ってた本だよ。最初はおにいが変な本を読んでるなって思ったけど、中を見てもっとびっくりしたよ」

ＯＨ……ＮＯ……。

終わった……完全に終わったわ……。

え？　考えうる最悪の地獄が目の前に広がっているんだけど……なにこれ？

「軽く見たんだけど……この小説、主人公が妹とえっちなことする小説だよね？　しかもヒロインの名前、深雪って名前だよね？　しかもえっちなシーンに付箋まで貼って『深雪、おにいはもう我慢できないっ!!　俺は深雪の中で感じたい』ってところに線まで引いてさ……」

違うんだよっ!!　深雪、違うんだよっ!!

その付箋を貼ったのも、線を引いたのも鈴音ちゃんなんだよっ!!

「セーラー服の件は鈴音ちゃんもちょっと悪いと思うけど、これはおにいの単独犯だよね？　だって鈴音ちゃんがこんなはしたない小説読むわけないもんっ!!　おにい、さすがにこれはいい逃れできないよ？」

そう思うじゃん？

俺だって数か月前までは鈴音ちゃんがそんなはしたない小説読むわけないって思ってたさ。

だけどさ……だけど、これが鈴音ちゃんの実態なんだよ……。

だが、深雪に真実を話すことなどできるはずがない。いや、仮に話したとしても深雪は信じてくれないだろう……。

「お、おにい、なんで何も言わないの？　何も言い返せないの？」

「いや、これはその……」

と、そこで母親が鬼の形相で睨みつけてきた。

「竜太郎っ!! あ、あんた……自分が何をしでかしたかわかってるのっ!? どこの世界に実の妹にこんな感情を持つ兄が存在するのっ!!」

お袋……知らないだろうけどいるんだよ……。今はもう改心したんだけど、すぐ近所に水無月翔太って男がいてだな……。

「お、おにい……私もおにいのことが好きだよ……。だけど……だけどね、それはおにいとして好きってことなの。ごめんね。私、おにいの気持ちに応えられない……」

そう言って深雪は涙を拭い始めた。

あーもう終わりだよっ!! なにもかも終わりだよっ!!

その日の夜、俺は親父からぶん殴られた。

そして、翌日から俺と鈴音ちゃんの二人で深雪に誤解だと説得し続けて、彼女が納得するまでに数週間を要したことをここに報告させていただきます……。

あとがき

読者の皆様、一巻以来おひさしぶりです。

この度は『親友の妹が官能小説のモデルになってくれるらしい２』をお買い上げいただきありがとうございます。

皆様のおかげで無事二巻を発売することができました。

さて、今回の二巻ですが、前回に引き続き変態と笑いの暴力という点では他の追従を許さない作品に仕上げることができました。

今回はＷＥＢ版にはない全くの書き下ろし、作者の実力による初稿からの大幅な改稿、さらには例の流行病の発症などにより、かなりの難産となってしまいました……。

締め切りに間に合うか正直かなりヒヤヒヤいたしましたが、なんとかこうやって発売することができて本当に安心しております。

ホント年始はヘトヘトでした……。

あ、そうそう、今回で鈴音ちゃんに加えて鈴音母、翔太、さらにはパパまで登場して水無月家カルテットがついに完成しましたね……。

いや、ホントキャラ濃すぎだろ。こいつら……。

このあとにもまだ水無月一族の他の面々が控えているような気がしないでもないですが、とりあえず二巻ではこれくらい出すので精一杯でした……。

何か教訓めいたことが得られたり、感動の涙を流すような作品は他の作者さんにゆずって、ただただ無心で背徳的な気持ちになって、ゲラゲラと笑っていただければ作者としてこれほど幸せなことはありません。

今回のあとがきは四ページあるので、作品の誕生秘話なんかを書こうかなと……需要があるかどうかはわかりませんが。

実はこの『親友の妹が官能小説のモデルになってくれるらしい』の元の作品をＷＥＢに投稿しようと思ったときは、鈴音ちゃんは親友の妹ではなく、竜太郎の担任の先生でした。

美人で優しい担任の先生が、自分の生徒が自分をモデルに官能小説を書いていることを知り、困惑しながらも生徒が一生懸命小説を書いていることを責められずに、協力してしまうという内容です。

授業中に自分をモデルにした官能小説を執筆する竜太郎に『か、金衛くん……先生をおかずにするのはやめましょうねぇ……』と泣きそうになりながら優しく注意をする鈴音先生。

うむ、これはこれで可愛い。

今の鈴音ちゃんとは似ても似つかない鈴音先生ですが、多分、今の鈴音ちゃんよりは良識のあるまともな人間なような気もします。

その後、色々アイデアを練った結果、竜太郎が積極的に鈴音をモデルにしているのは、もはや単なるセクハラであるという至極真っ当な結論に至り、竜太郎以上に鈴音ちゃんに変態になってもらうことで、今の形に至りました。

賢明な判断だったと思います。

けど、竜太郎の原稿を読みながら「はわわっ……」と赤面する鈴音先生の世界線も見てみたい……。

あ、あと、最初の案では竜太郎は鈴音先生だけでは飽き足らず、実の妹まで小説のモデルに使うという畜生ぶりで、翔太と竜太郎を足して二で割ったようなとんでもない主人公でした。

ホント、今の方向に落ち着いていろんな意味で良かったです……。

というわけで簡単ではございますが、本作の誕生秘話でした。

そんなこんなで今の形になったのですが、二巻の鈴音ちゃんはアイデアを練っていたときの美人で心優しい先生というコンセプトは見る影もないほどに暴走しております。

一巻の時点でもかなり過激なキャラクターではありますが、二巻でも彼女の変態インフレが止まらない止まらない。

さらには鈴音母まで参戦して、竜太郎の精神がいつか崩壊してしまうのではないかと心配しながら執筆しておりました。

類似作品がまったく見当たらない本作ですが、そんな作者の暴走を見事にイラストにしてくださったおりょう先生には毎度、頭が上がりません。

本当にありがとうございました。

今回はストーリーの都合上、鈴音ちゃんの髪型がおさげに変更になっているのですが、おさげ姿の鈴音ちゃんが本当に可愛い。

こんな可愛い女の子が目の前にいたら、そりゃ竜太郎だって官能小説のモデルにしちゃうよね？　って納得してしまいそうになるから恐ろしいです。

また鈴音母のイラストも、鈴音ちゃんとは違った大人の魅力にあふれており、あんなママが目の前にいたら甘えたくなる竜太郎の気持ちが嫌というほどに理解できました。

あと、出番は少ないですが深雪もめちゃくちゃ可愛いです。

最後になりましたが、担当編集のSさま、編集部の皆さま、おりょう先生、さらには本作の制作に携わり、尽力してくださいました全ての方々に御礼申し上げます。

そして、何より本作を手に取っていただいた読者さまに深く御礼申し上げます。

それでは、三巻でまた読者の皆さまとお会いできることを願いつつ筆を置かせていただきます。

コーヒーめっちゃ美味しい。

二〇二三年二月一一日、下北沢の喫茶店にて。

親友(しんゆう)の妹(いもうと)が官能小説(かんのうしょうせつ)のモデルになってくれるらしい2

著　あきらあかつき

角川スニーカー文庫　23611
2023年4月1日　初版発行

発行者　山下直久
発　行　株式会社KADOKAWA
〒102-8177 東京都千代田区富士見2-13-3
電話　0570-002-301（ナビダイヤル）

印刷所　株式会社暁印刷
製本所　本間製本株式会社

Printed in Japan　ISBN 978-4-04-113543-3　C0193

★ご意見、ご感想をお送りください★
〒102-8177 東京都千代田区富士見 2-13-3
株式会社KADOKAWA　角川スニーカー文庫編集部気付
「あきらあかつき」先生「おりょう」先生

転校先の清楚可憐な美少女が、
昔男子と思って一緒に遊んだ幼馴染だった件
Hibariyu
雲雀湯
illust シソ
重版続々!!
元"男友達"な幼馴染と紡ぐ、
大人気青春ラブコメディ開幕!
作品特設サイト
公式Twitter
7年前、一番仲良しの男友達と、ずっと友達でいると約束した。高校生になって再会した親友は……まさかの学校一の清楚可憐な美少女!? なのに俺の前でだけ昔のノリだなんて……最高の「友達」ラブコメ!
スニーカー文庫

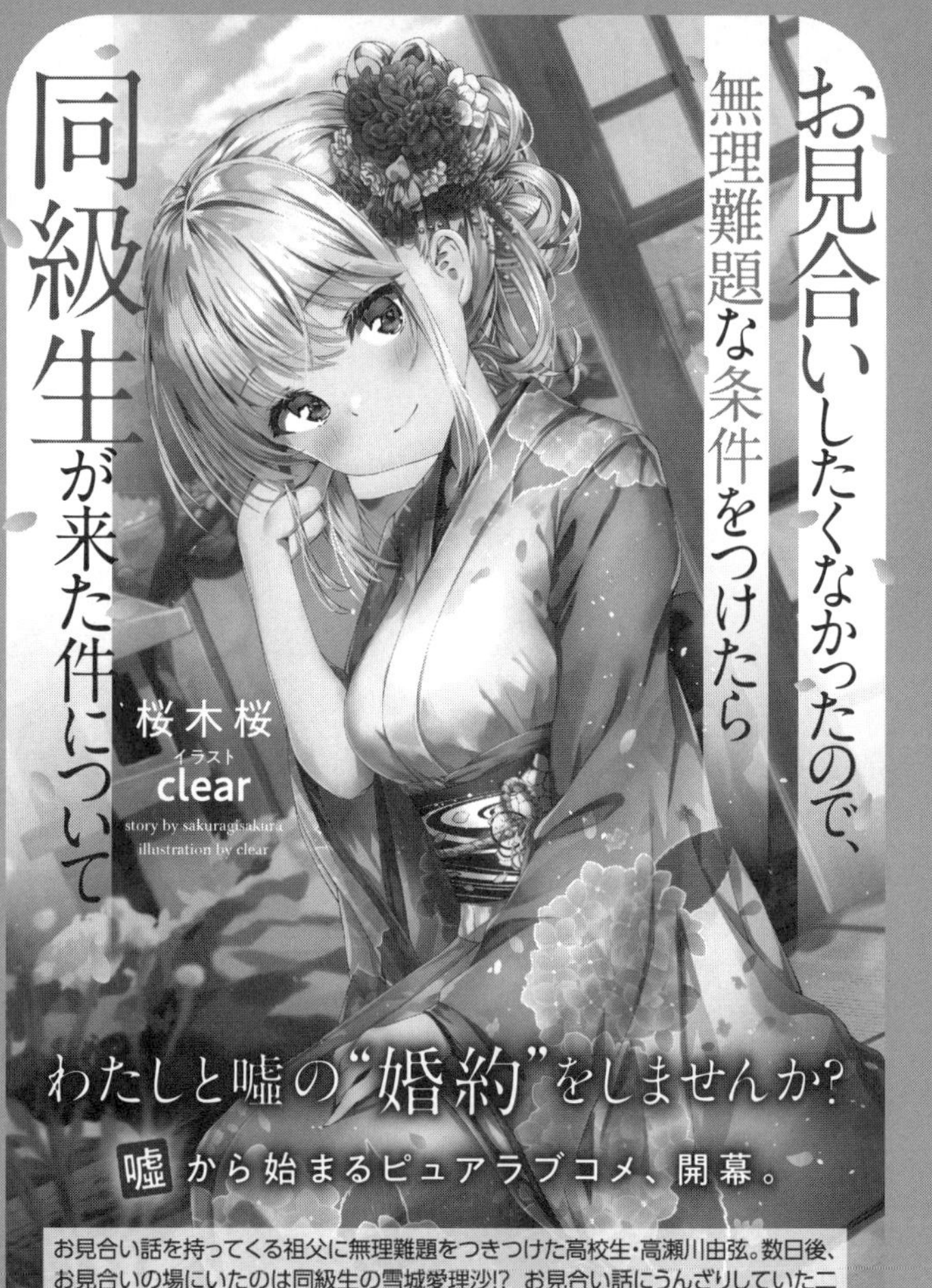

お見合いしたくなかったので、無理難題な条件をつけたら同級生が来た件について

桜木桜
イラスト
clear

story by sakuragisakura
illustration by clear

わたしと嘘の"婚約"をしませんか?

嘘から始まるピュアラブコメ、開幕。

お見合い話を持ってくる祖父に無理難題をつきつけた高校生・高瀬川由弦。数日後、お見合いの場にいたのは同級生の雪城愛理沙!? お見合い話にうんざりしていた二人は、お互いのために、嘘の『婚約』を交わすことになるのだが……。

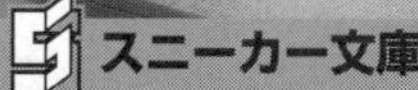